徳間文庫

若殿八方破れ

安芸の夫婦《めおと》貝

鈴木英治

徳間書店

目次

主な登場人物

真田俊介《さなだしゅんすけ》　信州松代《まつしろ》真田家跡取り。

真田信濃守幸貫《しなののかみゆきつら》　俊介の父。真田家当主。

大岡勘解由《おおおかかげゆ》　真田家国家老《くにがろう》。幸貫の側室《そくしつ》の父。

真田力之介《りきのすけ》　真田家次男。俊介の異母弟。勘解由の孫。

海原伝兵衛《かいばらでんべえ》　真田家家臣。俊介の世話役。

寺岡辰之助《てらおかたつのすけ》　真田家家臣。俊介の世話役。**似鳥幹之丞**《にとりみきのじょう》に殺される。

皆川仁八郎《みながわじんぱちろう》　俊介が修業する奥脇《おくわき》流道場の師範代。道場主は**東田圭之輔**《ひがしだけいのすけ》。

似鳥幹之丞　浪人。筑後久留米《ちくごくるめ》有馬《ありま》家剣術指南役として士官が決まる。

弥八《やはち》　真田忍びの末裔《まつえい》。

おきみ　病に臥せる母**おはま**の薬を求めに、俊介一行と同道する。

良美《よしみ》　有馬《ありま》家の姫。姉の**福美**《ふくみ》と俊介との間に縁談が進んでいる。

誠太郎《せいたろう》　真田家が借財している、廻船と酒問屋を営む稲垣《いなが き》屋の主。

第一章　切られた小指

一

気持ちが重くなる。

陰鬱《いんうつ》な雲が、頭上をどんよりと覆い尽くしている。

これが信州松代《まつしろ》の空だ。秋が過ぎ、冬になると、途端にこんな日が多くなる。晴れた日は戸隠山《とがくしやま》、高妻山《たかつまやま》、飯縄山《いいずなやま》などたっぷりと雪をかぶった壮大な山々が遠望でき、大気も凛《りん》とした厳しさをまとって、身の引き締まる思いがするが、そのような日はせいぜい十日に一度でしかない。

冬は大嫌いだ。色川堂兵衛《いろかわどうべえ》は唾棄《だき》した。青空が恋しい。こんなうっとうしい土地など、おさらばしたい。

本当にそうなるかもしれぬ。

——それでもよい。

堂兵衛は目を上げた。

妻もなければ子もいない。両親はとうに鬼籍に入っている。兄弟姉妹もなく、家中に一族はいるが、つき合いが絶えて久しい。もう長いこと小普請組《こぶしんぐみ》で、暮らしはひたすら苦しいだけだ。

まなじりを決した堂兵衛は刀に手を置き、柄《つか》を握り締めた。

夕暮れの気配が漂いはじめている。薄暗い風景が、炭でもなすられたように、さらにくすんだ色合いになりつつあった。

戦国の昔は海津城と呼ばれ、武田信玄が築いた城として知られる松代城から下城してくる者たちの影が、目立つようになっている。目の前の道は、他の城なら大手門と呼ばれているはずの大御門から城の南へと通じている。

道脇に立つ松の大木の陰に身をひそめつつ、堂兵衛は目を凝らした。

数人の供をしたがえた者や、中間《ちゅうげん》を一人、あるいは二人と連れた者たちがぞろぞろ行く。同役同士、肩を並べて歓談している者も少なくない。

仕事が終わり、いかにも気が抜けた連中である。今日も、つまらぬ仕事を漫然とこなしてきたのだろう。一杯どうだ、という弾んだ声も聞こえてくる。

そういう者たちが途切れることなく行き過ぎるのを、堂兵衛は不機嫌に見送った。

不意に肩に力が入り、胸が音高く鳴った。膝《ひざ》の下がしびれている。

視野に目当ての男が入ってきたからだ。とはいえ、やつをあの世に送ることは、だいぶ前に決意したことである。こんなざまでは、殺《や》れるはずもないではないか。

田端岩之丞《たばたいわのじょう》は身を切るような風に吹かれながら、悠然と歩みを進めている。なんの気がかりもなさそうなその風情が、小憎らしくてならない。露払いをするように中間が一人、供についていた。

職場には同役が何人もいるはずだが、岩之丞と一緒に帰ろうとする者はいない。心根の卑しさがあらわな男だけに、誰からも相手にされないのだろう。

心を落ち着けようと、堂兵衛はゆっくりと息を吐いた。白いものが立ちのぼったが、風にさらわれてすぐに消えた。

よし、行くぞ。

刀の鯉口《こいぐち》を切って、堂兵衛は松の大木の陰を出た。高ぶりは消え、すでに冷静さを取り戻している。歩を運んで岩之丞の背後につき、おい、と声をかけた。

岩之丞と中間がほぼ同時に振り返る。

岩之丞が、おっと声を発した。まずいところで会ったとの思いは隠しようがない。

「色川どのではないか」

こちらに向き直り、機嫌を取るように猫なで声を出した。

「このようなところで会うとは珍しい」

「田端、今すぐに金を返せ」

岩之丞が頭を小さく下げる。

「色川どの、すまぬが、今日は駄目だ。持ち合わせがない。明日にしてくれぬか」

「その言葉は、もう飽いた」

「今度は本当だ」

「もうだまされぬ」

堂兵衛は殺気をみなぎらせ、岩之丞をにらみつけた。

「頼むから、そんな顔をせんでくれ」

岩之丞が両手を掲げる。

「明日、必ず返すゆえ」

「信じぬ」

堂兵衛はすらりと刀を抜き放った。

「今すぐ返さぬのなら、斬《き》る」

一瞬ぎくりとしたものの、岩之丞はすぐさま腰を落とし、いつでも抜刀できる体勢を取った。

「おぬし、正気か」

岩之丞の目には驚きの色がある。怒ってもいるようだ。

真剣のぎらつきを目《ま》の当たりにして岩之丞の中間が後ずさりかけたが、なんとか踏みとどまった。

「色川どの、それがしを斬るような真似《まね》をすれば、ただではすまぬぞ」

「承知の上よ」

ふん、と岩之丞が一転、あざけるような笑いを見せ、じろじろと堂兵衛を見た。いかにもなめきった顔だ。

「おぬし、刀は遣えるのか」

「遣えぬように見えるか」

「さあてな。ただし、おぬしが剣を習ったとは聞いたことがない。ところで色川」

呼び捨てにしてきた。

「俺のことは存じておるな」

「剣のことをいうておるのか。ああ、知っておる。ここ松代城下で名門といわれる横田《よこた》道場において、五指に数えられる高弟だ」

「むろん免許皆伝だぞ。それでもやるのか」

「命など惜しくない」

「二両一分、いや、利子を入れて二両二分か。たかだかその程度の金を返さぬだけで、命のやりとりをするのか」

「もはや堪忍袋の緒が切れた」

「さようか」

岩之丞が、得心がいったような顔つきでうなずいた。

「これまで考えもしなかったが、世の中には、そういう考え方をする者もいるのだな。となれば、このような仕儀に至ることも仕方あるまい」

岩之丞が抜刀し、正眼に構えた。

堂兵衛は目をみはりかけた。さすがに隙《すき》がない。そばに突っ立つ中間は、下がっておれ、との主人の命にしたがい、道の端におずおずと寄った。

下城中の者も次々に足を止め、なにごとだ、という顔をいくつも並べている。ただし、堂兵衛たちのあいだに割って入ろうとする者は一人もいない。

堂兵衛は上段に刀をすっと上げ、岩之丞に語りかけた。

「先ほどは、背後からばっさりやることもできた。だが、武士の情けで見逃しておいた。こうして刀を構えて死ねるのなら、うぬも本望だろう」

「ほざくなっ、色川。さっさと来い」

真剣で戦うのは初めてなのか、岩之丞の顔がこわばっている。

「うぬから来ればよかろう」

「色川、怖いのか」

堂兵衛は冷笑した。

「怖がっているのはどっちかな」

「ならば、望み通りに叩っ斬ってやる。覚悟せい」

吠えた岩之丞が深く踏み出し、刀を上段から振り下ろしてきた。身を低くして堂兵衛は、斬撃に刀を合わせていった。

がきん、と鉄同士が激しくぶつかり合い、薄闇に火花が散った。

足がひくひくと震えている。

地面に力なくうつぶせた岩之丞が頬《ほお》を引きつらせ、うらめしげに堂兵衛を見ていた。呼吸するたびに喉《のど》の奥から発せられる、母を呼ぶ子猫のような声がもの悲しい。

岩之丞は、肩からおびただしい血を流していた。空の色を映じたかのような濁った瞳に、今にも消え入りそうなろうそくの炎のごとく、か弱い光がわずかに残っている。

道の端に、血の気《け》を失った中間が呆然《ぼうぜん》と立っていた。

「思い知ったか」

血刀を手に屈《かが》み込んだ堂兵衛は、岩之丞に言葉をぶつけた。

「な、なんだ、い、今の剣は」

顔をゆがめた岩之丞が、かさかさに乾いた唇を震わせる。

「わしが工夫の末、編み出した」

「今の剣を独習し、会得したというのか」

「そうだ」

「ど、どうやって」

「言えぬ」

「死んでゆこうとする者にも教えぬのか。吝嗇《りんしょく》よな。剣に名は、あ、あるのか」

「嵐雷《らんらい》という」

岩之丞が、ごほごほと苦しげに咳《せ》き込んだ。口から血のよだれが垂れ、蜘蛛《くも》の糸のように伸びる。

「嵐雷か。い、いかにもふさわしい」

すぐにでもあの世に赴こうとしている男にほめられて、堂兵衛は満足だった。この言葉に嘘はあるまい。

げほっ、と再び咳き込み、岩之丞が血のかたまりを吐いた。土の上にどす黒いしみが広がってゆく。地面に力なく頭を置いた岩之丞が堂兵衛を見やる。目に懇願の色があった。

「いま楽にしてやる」

ためらうことなく堂兵衛は岩之丞の首筋に刃《やいば》を入れ、とどめとした。

刃が肉に食い込んだ瞬間、うっ、と岩之丞は息の詰まったような声を出した。

堂兵衛が刀を引き抜くと、顔を横にうつむけた。目はあいたままだが、わずかな光すらもそこに見つけることはできない。

――逝《い》きおったか。

堂兵衛は手を伸ばし、岩之丞の懐《ふところ》を探った。財布を取り出し、中身をあらためる。

ちっ。舌打ちが出た。びた銭しか入っていない。

岩之丞が一人で帰っていたのも納得できた。同役からわざと誘いを受けないようにしていたのかもしれない。

そう考えれば、この男も哀れなものだ。

堂兵衛はびた銭をつかみ出し、自らの袂《たもと》に落とし込んだ。財布を岩之丞の胸の上に静かに置く。

立ち上がった堂兵衛は、懐紙で刀身をていねいにぬぐった。赤く染まった懐紙を投げ捨てると、待ち構えていたように風が一瞬でさらっていった。

「おい」

紙がもつれ合って消えるのを合図にしたかのように、背後からかすれ声がかかった。

「色川といったな。いったいなぜこのような真似を……」

堂兵衛はゆっくりと振り返った。

二間《けん》ばかりの距離を置いて、老侍《ろうざむらい》が立っていた。腰が曲がりかけ、頭は白髪である。腰にあるのは脇差《わきざし》のみで、刀は帯びていない。

どうやらこの寒さの中、一人散策していた様子である。堂兵衛を見る目は厳しく、しわ深い顔は青白さに染まり、紫色の唇はわなないている。意志の強そうな顔貌はしているものの、惨劇を目の当たりにした衝撃は去っていないようだ。

堂兵衛はこの年寄りに見覚えがあった。元大目付《めつけ》の高原征五郎《たかはらせいごろう》ではないか。現役の頃は辣腕《らつわん》で知られていた。

それが、どうして自分のことを知っているのか。これまで話をするどころか、まともに顔を合わせたことすらない。遠目に何度か高原の姿を見かけたことがある程度だ。

いや、考えるまでもなかった。岩之丞が堂兵衛を呼んだのが、耳に入ったにすぎないのだろう。

「わけをきいてどうされる」

ちらりと岩之丞を見やってから、堂兵衛は丁重に高原にたずねた。

「おぬしを捕らえなければならぬ」

「高原どの、もう隠居されて久しいのではござらぬか。ご老体が、そのような真似をなさることはない。事情は――」

堂兵衛は顎《あご》をしゃくった。

「そこな中間に聞けばよい」

岩之丞の中間はうつろな目をしているが、死んだ主人のそばを離れようとしない。もっとも、今は頭が空《から》っぽで、なにをすればよいのか、わからないのかもしれない。

「色川、逃げる気か」

高原に鋭くきかれ、堂兵衛は目を光らせた。

「むろんその気でおりもうす。高原どの、邪魔立てするおつもりか」

高原がたじろぎかけたが、すぐさまぐいっと胸を張った。

「わしがこの場に居合わせたのは、おぬしを捕らえよとの天命であろう。もう少し早くこの場にいれば、その者を死なせることもなかっただろうに」

「高原どの、古希が間近ではござらぬのか。せっかく長らえた命を、ここで散らすことはござるまい」

鼻から太い息を吐き出した堂兵衛は、戦意のないことを見せるために刀を鞘《さや》にしまい込んだ。高原に向かって足を踏み出す。

脇差に手を置いた高原が後ずさりかけたが、なんとか踏みとどまった。

「おどきあれ」

堂兵衛は言葉を放った。武家の意地を通さんというのか、それともただ頑固なだけなのか、高原は道をあけようとしない。

斬り殺すのはたやすいが、高原にうらみはない。堂兵衛は横によけ、足早に歩を運んだ。

堂兵衛が背中を見せると同時に、高原から殺気が放たれた。

「逃がさぬっ」

高原が脇差を抜き、まっすぐに突き出してきたのを知った堂兵衛は、体をひるがえすや抜刀した。

「たわけがっ」

袈裟懸《けさが》けに刀を振り下ろした。

手応えはまったくなかった。豆腐を切るも同然だ。左の肩から右の腰近くまで斬り裂かれた高原は、口を呆然とあけて堂兵衛を見つめ、ごぼと血のかたまりを吐いてから、どうと倒れた。

おう、という声がまわりの侍たちから上がる。

「警告はしたぞ」

堂兵衛は、血だまりに身を沈めて痙攣《けいれん》を繰り返す高原に告げた。地を蹴りかけて思い直し、しゃがみ込んで、血でぬらぬらとする高原の懐に手を突っ込んだ。赤く染まった財布を抜き出し、中身を見る。おっ、と瞠目《どうもく》した。

ほう、けっこう持っておる。

薄闇の中でも光り輝く小判が二枚、一分金や二朱銀が数枚、あとはびた銭だ。さすがに元大目付だけのことはあり、家中が困窮しているのにもかかわらず、これだけの金を持ち歩いているのだ。

頬が自然にゆるむ。

家中の侍たちは、いったいなんてことをしているのだ、と憤りの顔を隠さずにいるが、堂兵衛を捕らえようと進み出る者は一人もいない。堂兵衛が一瞥《いちべつ》を加えると、気弱げに顔をうつむける者ばかりだ。真田《さなだ》家といえば武勇の家として知られているが、こんなざまでは武門とはとてもいえまい。

この場にとどまっていても、他の者を殺すことにはなりそうもないが、城から捕り手があらわれたら面倒である。城に馳せ戻り目付か大目付に注進した者が、きっといるはずだ。堂兵衛はだっと駆け出した。

ひたすら足を動かすことに専念する。針が刺さるかのように冷たい風が、むしろ心地よい。よほど気持ちが高ぶっているのだ。

堂兵衛に、どこへ行こうという当てはない。

今はただ、この松代という地を離れることができれば十分である。

二

――急いでくれ。

しわがれた声が聞こえたような気がし、真田俊介《しゅんすけ》は目をあけて、上体を起こした。

宿場の常夜灯が近いのか、どこからか淡い光が射《さ》し込んでおり、真っ暗というほどではない。どうやら夢を見ていたようだ。先ほどの言葉は、夢の中で誰かが口にしたのだろう。夢の中身はまったく覚えていない。

もう眠気はほとんどない。たっぷりと寝て、昨日の疲れも取れている。刻限は八つ半というところだろうか。旅立ちまで、あと半刻《はんとき》ばかりある。

今のは父上だろうか。

俊介は幸貫《ゆきつら》の顔を思い浮かべた。そうとしか考えられない。もしや容体があらたまったのだろうか。

俊介は唇を嚙《か》んだ。今すぐに父のもとに馳せ戻りたい。だが、そういうわけにはいかない。仮に戻ったところで、父は喜ばないだろう。いや、それぐらいでは済まない。中途で帰ってくるなど半端なことをしおって、それでも真田家のおのこか、ときつく叱られるにちがいなかった。

今はとにかく前に進み、似鳥幹之丞《にとりみきのじょう》を討つしかない。寺岡辰之助《てらおかたつのすけ》の仇《あだ》を報ずるのだ。自分がすべきことは、ただそれだけである。

軽く息をついた俊介は、おや、と言葉を漏らした。隣に寝ているはずの皆川仁八郎《みながわじんぱちろう》の姿が見えないのだ。

俊介は反対側に首をめぐらせた。そちらでは、おきみが健やかな寝息を立てており、海原伝兵衛《かいばらでんべえ》も眠りの海をたゆたっている。珍しく伝兵衛はいびきをかいていないが、ときにこういうことがあっても不思議はない。

仁八郎は厠《かわや》に行ったのだろうか、と俊介は思った。だが、仁八郎が俊介のそばを離れること自体、珍しい。厠に行くのも、常に俊介と一緒なのである。

気になる。心中でつぶやいて俊介は薄闇を見透かした。年月の経過とともに天井や壁は薄汚れてきてはいるが、掃除は行き届いており、なかなかきれいな宿だ。布団もよく日に当てられて、妙なにおいは発していない。

しばらく身じろぎ一つせずに待ったが、仁八郎は帰ってこない。いかな強靱《きょうじん》な仁八郎といえども、旅の疲れが出て下り腹でもしているのだろうか。いったん下り腹に襲われると、長くなることがある。俊介も一度、九つ頃から夜明け近くまで厠を出られない下り腹に襲われたことがある。

なんとなく胸騒ぎがし、俊介は仁八郎を捜しに行くために立ち上がりかけた。すると、まるでそれに合わせたかのように目の前の襖《ふすま》が横に滑った。

仁八郎が顔をのぞかせ、俊介はほっと胸をなで下ろした。俊介が起き上がっていたことは気配から察していたのか、仁八郎は驚きの表情は見せなかった。ただし、青い顔をしているのは、薄闇の中でもわかった。

「厠か」

俊介は小声できいた。

「はい、さようです」

「かなり長かったようだが」

　俊介の前に正座した仁八郎が苦笑する。

「俊介どのには申し上げにくいのですが、ちと詰まり気味でした。まさしく雪隠《せっちん》詰めということでございます」

「そうだったか。そなたにしては珍しいのではないか。すっきりしたか」

「おかげさまで」

「それならばよい」

「ご心配をおかけいたしましたか」

「少しな。だが、仁八郎のことだ、案ずることはないと信じていた」

　仁八郎がはかなげな笑顔になり、気を取り直したように顎を上げた。

「宿の者は、もう起き出しているようにございますな」

　仁八郎のいう通り、食器の触れ合うような音がかすかに響いてくる。水音も聞こえてきていた。人のひそめた話し声もする。

「それでも、出立まではまだだいぶ余裕があるぞ。あと四半刻ほどは寝ていても大丈夫だろう。仁八郎、横になるか」

仁八郎がかぶりを振った。

「あまりに長いこと厠に押し込められていたがゆえ、ほとんど眠気はございませぬ」

「ならば、旅支度をするか。ただし仁八郎、静かにな」

いつのまにか、伝兵衛がいびきをかきはじめている。おきみは寝息を立てたままだ。よく眠っている。

承知いたしました、とうなずいて仁八郎が寝巻を脱ぎだした。俊介もそれにならう。二人は手早く荷物をまとめた。

最後に、俊介は大事にしている一面の硯《すずり》をじっと見た。醬油皿ほどしかない小さな物だが、名刀の刀身に通ずる輝きがあり、見つめていると心が落ち着く。

いつまでも眺めていたかったが、そういうわけにもいかず、そっと懐にしまい入れた。少し重みがかかったが、居場所を見つけたように硯はすんなりと落ち着いた。

「河合《かわい》さまにいただいた硯ですね。それには名がついているのでございますか」

仁八郎がささやくようにきいてきた。

「楠《くすのき》だそうだ」

「ほう、楠。なにかいわれがあるのでございますか」

「俺にはよくわからぬが、硯面の真ん中に楠のような形をした影があるのだそうだ」

「さようでございますか」

「仁八郎、あとで見せてあげよう。そなたなら見えるかもしれぬ」

「楽しみです」

俊介は、姫路酒井《さかい》家の家老である河合道臣《みちおみ》を懐かしく思い出した。笑顔があたたかく、言葉遣いも柔らかで、よい男だった。

自分が真田家の当主になった暁《あかつき》には、ああいう者を自ら育てなければならぬ。そうしなければ、いつまでたっても真田家は貧しいままだろう。

河合道臣は姫路の特産品である綿を専売品とすることに成功し、江戸に住む者たちのほとんどが姫路産の木綿《もめん》を使うようになった。その利は莫大なもので、道臣は酒井家の七十三万両もの借財を返しつつある功労者なのだ。硯の収集家としても知られ、百面以上を所持しているが、俊介は旅の餞別《せんべつ》として楠をもらったのである。今はこれを旅のお守りとしているのだ。

じき、旅籠《はたご》に頼んである握り飯も届くだろう。この旅をはじめてから、朝餉《あさげ》は宿では食べず、握り飯を道中のどこかで食することにしていた。

俊介と仁八郎は布団の上に座り込み、二人が起きるのを待った。

七つまであと四半刻ほどというとき、伝兵衛が起き出し、次いでおきみが目を覚ました。

「二人ともよく寝ていたな」

俊介が声をかけると、おきみが笑顔になった。うーん、と伸びをする。

「ぐっすりだったよ。とても気持ちよかった」

「それはよかった」

仁八郎が隅の行灯《あんどん》を灯《とも》す。部屋がほんのりとした明かりに包まれた。

「あれ、俊介さんたち、もう支度しているの。あたしと伝兵衛さん、寝坊しちゃったの」

「いや、そんなことはない。俺たちが早く起きすぎただけだ」

「よかったあ」

おきみがほっとし、胸に手を当てる。そんな仕草がかわいくてならない。相好《そうごう》を崩して俊介は伝兵衛を見た。しかしこちらは、あまりすっきりとした顔ではない。

「伝兵衛、あまり寝ておらぬのか」

「いえ、そのようなことはござらぬ。おきみ坊と同じく、ぐっすりと眠りもうした。年寄りだからといって、いつもいつも眠りが浅いわけではござらぬよ」

「だが、あまり顔色がすぐれぬようだ」

「そのようなことはござらぬ」

伝兵衛が力んでいった直後、襖の向こうから女の声がした。

「おはようございます。ご注文のおにぎりをお持ちいたしました」

「かたじけない」

仁八郎が襖をあけて、四つの竹皮包みを受け取る。大きめに握ってくれたようで、ずしりと重そうだ。

おきみと伝兵衛が立ち上がって着替えをし、旅支度を手際よくととのえる。旅もすでに一月近くが経過し、慣れたものだ。

「よし、まいるか」

俊介は三人に向けて声を放った。

「はっ、まいりましょう」

伝兵衛の勇ましい声が返ってくる。また新しい日がはじまることがうれしくてならないらしく、おきみの瞳はきらきらして、まぶしいくらいだ。

俊介は仁八郎をちらりと見た。やはりあまり元気がないようだ。どこか体の具合が悪いのだろうか。

「仁八郎、大丈夫か」

仁八郎が穏やかな眼差《まなざ》しを向けてきた。

「はい、大丈夫でございます」

「そうか。ならばよい」

俊介は部屋を出た。仁八郎が大丈夫というのなら、本当に大丈夫なのだ。こちらが気に病むことはない。

俊介たちは階下に降りた。勘定は昨日のうちに済ませてある。ありがとうございました、と宿の者たちに見送られて、目の前を走る西国街道に今日の第一歩目を記した。

「世話になった」

俊介は頭を下げ、仁八郎たちもこうべを垂れる。

「またおいでくださいませ」

あるじが深々と腰を折った。奉公人たちも同じ姿勢をとる。

「機会があれば必ず寄るようにいたそう」

「お待ち申し上げております」

俊介たちは街道を歩き出した。仁八郎が露払いをするように前につく。伝兵衛とおきみは俊介の後ろである。

「安芸国《あきのくに》に入って久しいが、ここ西条宿もなかなかよいところでござるな」

伝兵衛がのんびりとした声を出す。今日は曇り空で、ほとんど陽射《ひざ》しはない。北から吹きつける風はやや冷たさを帯びており、少し肌寒いくらいで、じき真夏を迎えようとする時季とは思えない。ただ、このくらいならむしろ歩を進めるのにはちょうどよい。ほとんど汗ばむことはない。

「伝兵衛は今の宿を気に入ったか」

「今津《いまつ》屋でござったな。昨夜の食事もおいしゅうござった。わしはとても気に入りもうした」

懐から帳面を取り出し、熱心に見はじめた。

「今津屋は関脇でござるな」

伝兵衛は、この旅をはじめてしばらくしてから旅籠の番付表をつくりはじめたのだ。

「横綱は」

「まだ今のところはござらぬ。大関は明石《あかし》宿の飴《あめ》屋にござる」

「ああ、あそこはよかったな。食事がすばらしかった」

「俊介どのは、今津屋はどう思われましたか」

「俺も気に入ったぞ。よい宿だった。関脇に同意しよう」

「心残りは牡蠣《かき》を食べられなかったことね」

おきみが少し落胆したようにいった。

「それがしも安芸名物として名高い牡蠣を食したかった。残念でございます」

仁八郎が首を振り振り言葉を漏らす。

「みんな、牡蠣が好きなのだな。この先、広島城下に行けば食べられるやもしれぬ。まわりを低い山が囲んでいる西条よりも、ずっと海が近い」

「いえ、食べられぬでしょうな」

伝兵衛があきらめきった口調でいう。

「物には時季というものがござる。安芸では養殖というものをしているそうにござるが、それでも秋口にならぬと牡蠣はとれぬそうにござる」

「そういえば、去年は赤潮のせいで、ほぼ全滅したそうにございますね」

仁八郎が前を見据えつついった。

「うむ、今津屋の者がそういっておったな」

「今年はどうでしょうか」

「自然が相手だからなんともいえぬが、二年続きの赤潮はないと信じたいな」

俊介たちは歩き続けた。雲が途切れ、日が射し込んできたが、まだ肌寒さは去らない。

「俊介どの」

不意に背後から伝兵衛が耳打ちしてきた。

「それがしは年寄りで眠りが浅《あそ》うござる」

いきなりなんだ、と面食らった。先ほどとはずいぶんいうことがちがうが、俊介はうなずいてみせた。

「一度目が覚めると、なかなか寝つかれませぬ。実は明け方、それがしは一刻以上じっと起きていたのでござる」

そういえば、と俊介は思い出した。伝兵衛が珍しくいびきをかいていなかったが、あのとき目を覚ましていたということか。あまり寝ていなければ、顔色があまりすぐれないのも当然なのだろう。

「申し上げたいのはそれがしのことではござらぬ。仁八郎のことにござる」

日が出てきたことが関係しているのか、風が強くなってきている。それもあってか、伝兵衛のささやきは仁八郎の耳に届いていないようだ。

「仁八郎は一刻以上、寝床を留守にしていもうした。俊介どのはすでにお気づきかもしれませぬが、もしや体調を崩しているのかもしれませぬ。とても詰まり気味とは思えませぬ」

俊介は眉《まゆ》をひそめ、ささやき返した。

「一刻もか」

「はい、とても長《なご》うござった。仁八郎のことは気遣ったほうがよいかもしれませぬ」

「そうしよう」

「それがしが申し上げたいのは、それだけでござる」

すっと伝兵衛が下がり、おきみと肩を並べた。おきみがなにを話していたの、という顔で伝兵衛を見上げる。伝兵衛がにこにこして、おっ、ちょうちょが飛んでおるぞ、と畑の上を飛ぶ紋白蝶《もんしろちょう》を指さした。

少なくとも、と俊介は思った。伝兵衛のいう通り、糞詰まりということはないのではないか。やはり疲れからくる下痢だったのかもしれない。俊介は、前を行く小柄な体を見つめた。仁八郎のことだから、まさか悪所に行ったということもあるまい。

もしなにかあれば、仁八郎はちゃんと話すだろう。なにも話さないということは、今のところはなにもないのだ。

俊介としては、そう考えるしかなかった。

三

空が明るい。

江戸に比べたら、広島の空は青く、透き通っているように見える。

どうしてなのか。窓枠に腰かけ、欄干《らんかん》に右手を置いた似鳥幹之丞は空を見上げて考えた。

やはり人の多さだろうか。江戸は雨が数日降らないだけで、風が吹けば砂埃《すなぼこり》がもうもうと舞い上がるような町だが、おびただしい数の人に踏みつけられて立ちのぼる砂埃も相当のものになろう。それが常に江戸の空を覆っているから、在所に比したら、空が暗く感じられるのではないか。江戸にいるときは気づかないが、こうして旅に出てみると、空の暗さがはっきりする。

真下を走る西国街道は、相変わらず大勢の者が行きかっている。東海道や中山道《なかせんどう》よりは人の数は少ないが、それでもかなりのものだ。荷を担いでうつむき加減に急ぎ足で行く者、なにが楽しいのか大声で笑い合いながら歩く二人連れ、声高《こわだか》にしゃべりながら進む母娘《おやこ》、いかめしい顔をした武家の主従などだ。

それに、ここ広島はずいぶんと町が大きい。家並みが見渡す限り広がっている。江戸にも劣らないような気がするが、それはいくらなんでも大きく見過ぎだろう。この広さは、浅野《あさの》家四十二万六千石の城下町だから当然か。ときおり吹く海風がとても心地よい。

幹之丞は手のうちの文を再び広げ、目を落とした。裏には差出人の名がある。江戸の豪商稲垣屋《いながきや》誠太郎《せいたろう》から届いたばかりだ。

先日、真田家の国家老《くにがろう》である大岡勘解由《おおおかかげゆ》さまから、似鳥さまが今どのあたりにいらっしゃるのか、という問い合わせがございましたので、今頃は安芸広島の辺《へん》田《だ》屋という商家に逗留《とうりゅう》なされているはずとの返事を出しておきました、という内容だ。文には、家老の勘解由さまはどうやら真田俊介を亡き者にするための新たな刺客を、そちらに差し向けようとしているようであるとの意味のことも記されていた。

今度はどんな者がやってくるのか。名は色川堂兵衛というらしい。歳《とし》はわからず、どんな流派なのかも書かれていない。

幹之丞は腕を組み、欄干に背中を預けた。前回送り込まれた者は、なかなかの遣い手ではあったが、結局は目的を達することはできなかった。

勘解由があきらめずに送り込んでくるのだから、今回も相当の腕前であるのはまちがいない。勘解由は牢に入っていた色川堂兵衛をわざわざ出すことまでしたのだそうだ。そのような真似をすれば、相当の金がかかっただろう。そこまでしても、出すだけの価値がある男と踏んだということだ。詳しくは記されていないが、おもしろい剣を遣うらしい。きっと俊介を殺れるはずだ、と勘解由は自信を隠そうともしていない様子だという。

あまり当てにはならぬだろうな、と幹之丞は思った。どのみち、刺客たちは幹之丞にとって、捨て石でしかない。

昨夜、俊介たちが西条宿に宿を取ったのは知っている。距離からして、今宵《こよい》の宿は広島だろう。今どのあたりにいるのか。海田《かいた》宿まで来ただろうか。

幹之丞は俊介を殺すつもりでいる。必ず殺さなければならない。勘解由に頼まれているのだ。九州までの長丁場になるのは覚悟しているが、この芸州あたりでけりがつくなら、そのほうがよい。重しが取れたようにすっきりするにちがいなかった。

なにしろ俊介は実にしぶといのだ。真田の守り神が、本当についているのではないかと思えるほどである。殺れるときにやっておいたほうがよいのだが、果たしていつ殺れるものか。

「お茶をお持ちいたしました」

涼やかな女の声がし、襖があいた。年増で、したたるような色気のある女だ。

「おう、おとき」

おときが敷居際に両手をつく。白いうなじが見え、幹之丞はとっくりと眺めた。

おときは、辺田屋のあるじである今左衛門《こんざえもん》の妾《めかけ》らしい。ここは辺田屋の敷地内にある離れである。離れといっても、二階屋でかなり大きい。五部屋は優にあり、ここにおときは一人で暮らしているのである。

二日前から幹之丞はこの二階を借りているが、下に降りてこの女を抱いてもかまわないと今左衛門は考えているようだ。貴人をもてなす際、自分の女房や娘を差し出す者もいるそうだから、妾くらいならなんということもないのかもしれない。少なくとも、金は一文もかからない。商人らしく、そのあたりも計算しているのかもしれなかった。

それにしても、この俺が貴人か。まさかな。奇人のほうだろう。

「どうぞ」

茶托《ちゃたく》に置いた湯飲みを、おときが静かに滑らしてきた。幹之丞は畳に座り、手を伸ばした。ほんわかとした温かみが手のひらに伝わる。茶をすすった。

「なかなかうまいな。このあたりの茶か」

「いえ、ちがいます」

おときがかぶりを振る。

「隣の備後国《びんごのくに》に世羅《せら》という在所があります。そちらのお茶です」

「世羅というのは茶の名産地なのか」

「それがそうでもないのです。山間《やまあい》の土地で、暮らす人も少ないので、細々とつくっています」

「そのような茶がどうして手に入る。おぬし、もしやその世羅という地の出なのか」

おときが顔をほころばせる。

「おっしゃる通りでございます。弟が送ってきてくれます」

「よいところか」

「私は好きですし、とてもよいところだと思います」

「だが、離れたのだな」

「食べていけないものですから」

そうか、と幹之丞はいった。

「それで広島に出てきたのか」

「ええ、飯盛女《めしもりおんな》としてです」

幹之丞は瞬《まばた》きをして、おときを見直した。

「この町の旅籠で働いていたのか」

「はい。この町には愛宕《あたご》町と堺町という二つの宿場がありますけど、私は愛宕町のほうでした」

「それが、今は辺田屋のお妾か。見初《みそ》められたのか」

「旅籠でお客として会ったわけではありません。とある宴会に酌婦として出たのです。そのとき初めて旦那さまにお目にかかって、そのあと、話がきました。こうして旦那さまのもとで暮らせるようになって弟にも仕送りができるようになりましたし、旦那さまに感謝してもしきれません」

幹之丞を見て、おときが小首をかしげる。そんな仕草にも色気が漂う。

「あの、お茶よりもお酒のほうがよかったのではありませんか」

幹之丞は首を横に振った。

「まだ明るいゆえ、遠慮しておこう。昼間の酒はうまいが、ききすぎる。夕餉のときに少しもらおう」

「わかりました。夕餉は六つからでよろしいですか」

「昨日と同じで頼む」

「承知いたしました」

盆の上に湯飲みをのせ、裾《すそ》を払っておときが立ち上がる。

「失礼いたします」

うむ、と幹之丞は返した。おときが部屋を出て、襖を閉じる。

幹之丞は畳の上にごろりと横になった。天井を見つめる。

色気はしたたるようだが、そうたやすく抱かれる気はないようだな。それはそれでよい。わざわざ口説《くど》いて落とそうという気にはならぬ。面倒なのはいやだ。据え膳《ぜん》ならいくらでも食らってやる。

幹之丞は目を閉じた。夕餉まであと一刻はあろう。それまで眠るつもりだった。

四

大きい町だ。

江戸とは比べものにならないが、広島の町は家並みが見渡す限り続いている。さすがに、浅野家四十二万六千石の城下町だけのことはある。なにしろ浅野家は安芸一国と備後の半分を領有しているのだ。まさに大大名といってよい。十万石の真田家とは比べものにならないのである。

俊介たちは、広島には考えていた以上に早く着いた。今がいちばん昼の長い時季で、いまだに太陽は西の空に燦々《さんさん》と輝いている。刻限は七つ半を少し過ぎたところだろうか。あと半刻ほどで、江戸より大きく見える、あの勢いのよい日も地平に没しよう。

西条から西国街道を西へ八里半ほど行ったところに広島の町はある。おきみを連れているとはいえ、いつもならば十里近く歩く。こんなに明るい刻限に投宿するようなことはないが、今日に限っては、俊介はもともと早く着くつもりでいたのだ。

「なかなか盛っておりもうすな」

伝兵衛が街道の両側に軒を連ねるおびただしい宿に目をやって、小さく首を振る。

「たいしたものでござる。さすがに戦国の昔は毛利家の本城の地として栄え、その後は猛将福島正則公が治められた町のことだけはありますの」

「まったくだな」

俊介はうなずいた。

「人も生き生きしている。広島の景気がよいとは聞かぬが、これだけの町ならば、金の動きも悪くはなかろう」

「福島正則さまって、豊臣秀吉公の子飼いの家臣だった人ね」

おきみが伝兵衛にきく。

「おう、そうじゃ。おきみ坊は物知りじゃの」

「福島さまから浅野さまにこの町の主人は移ったのね。福島さまは広島を去られて、どこに行かれたの」

「真田家の松代がある信濃国《しなののくに》じゃよ。広島にいらっしゃったときはおよそ五十万石だったが、信濃に移ったときはたったの四万五千石じゃった」

「えっ、ずいぶんと減らされちゃったのね。どうしてそんなことになったの」

「改易《かいえき》されたのじゃよ」

「改易……」

伝兵衛がすぐさま説明をはじめる。

「もう二百年以上も前のある日、大風による洪水が起きて、石垣が崩れるなどして、広島城が少し壊れたんじゃ。それを正則公は修築したのじゃが、そのことを事前に公儀に届け出ていなかったと咎《とが》められてな、領地を没収されてしまった」

「えっ、お城を修理しただけで五十万石から四万五千石にされてしまったの」

「勇猛を謳《うた》われている上に豊臣家の武将といってよい者だったから、公儀がどうしても潰《つぶ》したかったというのが、本音といわれておる」

「ええ、ひどい。いいがかりをつけたのね」

「まあ、そういうことじゃな。だが、今の公儀は昔とはちがい、妙なことでいいがかりをつけたりはせぬぞ。むしろ、大名はできるだけ潰さぬように心を砕いている」

「なぜそんなに変わったの」

「巷《ちまた》に浪人があふれ、江戸の治安《じあん》がよくなくなったからだ。一言でいえば物騒になり、町人たちは夜、町を歩けなくなった。辻《つじ》斬りの餌食《えじき》になる者が続けざまに出たりしたのじゃ」

「辻斬りか。怖いね。会ったことはないけど」

「会っておったら、おきみ坊は今頃生きておらぬよ。生きていて、よかったの」

にこりとした伝兵衛が咳払いする。

「さて、話を戻すかの。公儀は常に大大名の動きに気を配っておるが、それは謀反を起こされるのが怖くてならぬからじゃ。それゆえ大大名などは取り潰してしまえ、という理屈になるのじゃが、大名を潰すと主家を失った者たちが江戸に押し寄せ、町が浪人だらけになる。潰さねば、そのまま家臣として奉公ができる。江戸の治安を守るためには、潰さぬほうが得策ということになったのじゃな」

「ふーん、そういうこと」

おきみが納得した顔つきになる。そういうときは、ずいぶんと大人びた顔になるから、女の子というのは不思議なものだとつくづく思う。

仁八郎がつと足を止めた。

「今宵の宿として、こちらはいかがです」

俊介は、目の前の看板に目を当てた。苗代屋《なえしろ》と墨書されている。広島の城下には二つの宿場がある。一つは東側の愛宕町、もう一つは西側に連なる堺町である。この苗代屋は愛宕町のほうにある。

呼び込みの女中はまだ刻限が少し早いためか、路上に出てきていない。あるいは、はなからそういうことをする気がない宿なのかもしれない。客は呼び込まずとも、自然に入ってくるという自信を持っているのか。そういう自負を持っているのならば、必ずよい宿であろう。

俊介はうなずいた。

「なかなか新しい宿だし、よさそうではないか。伝兵衛、おきみ、ここでよいか」

「それがしは、かなり期待できると存じる」

「うん、いいと思うわ」

伝兵衛とおきみがそろって首を縦に振る。そのとき西隣の旅籠から、柄の悪い三人の男が出てきた。行くぞっ、と声をかけて街道を走り去ってゆく。目が血走っていた。明らかにやくざ者だ。

「どうして旅籠に、ああいう連中が出入りしておるのだ」

怒りをにじませた口調で伝兵衛がいう。

俊介は、建物の横に張り出した看板を見上げた。そこには深川《ふかがわ》屋とある。なんとなくだが、中の気配がざわついていた。なにかあったのだろうか。仁八郎も気がかりそうな目を向けている。

「ねえ、俊介さん、入らないの」

かわいい声が耳に届き、俊介はにこりとした。つぶらな瞳が見つめている。

「よし、入ろう」

俊介がいうと、仁八郎が暖簾《のれん》を払った。俊介たちは、よく叩き固められた土間に足を踏み入れた。その奥は一段上がった板敷きになっており、二人の女中が床拭きをしていた。

「いらっしゃいませ」

その二人とは別の若い女中が声を弾ませて走り寄ってきた。桜色の頬が輝き、いかにも健やかそうな娘である。

「お泊まりでございますか」

はきはきときいてきた。

「そうだ。この四人だが、部屋はあるかな」

「はい、ございます」

女中が即答する。

「あのちとたずねるが」

伝兵衛が顔を突き出した。

「まさか相部屋ということはなかろうの」

「はい、ございません。四人さまでしたら、八畳間を使っていただけます」

「八畳間か。それは広くてよいの」

「今たらいをお持ちします」

いったん走り去った女中が、すすぎのたらいを持ってきた。俊介たちは女中に足を洗ってもらった。

「足の汚れを取ると、疲れが取れますでしょう。どうしてか、お侍はご存じですか」

俊介は考えた。だが、答えは出なかった。

「いや、知らぬ」

「足には、つぼが多いのですよ」

「つぼ、というと、灸《きゅう》を据えたり、鍼《はり》を打ったりするところか」

「さようです。つぼの汚れを取ってやることで、疲れが取れるのです」

「そうだったのか。おもしろいものだな」

俊介がいうと、女中がうれしそうに笑った。

「居心地がよさそうな宿だな。できてからまだ間もないのか」

「いえ、うちはもう二百年以上、愛宕町で旅籠を営んでいます。前の建物はあまりに古くなったので取り壊しました。この建物は三年前に建てたものです」

「古い建物も風情はあったのだろうが、それだけではなかなか食ってゆけぬからな」

「さようにございます」

「食うといえば、やはり牡蠣は食せぬのか」

「はい、秋にならないと駄目でございます」

女中がすまなそうにいう。

「期待されていらっしゃるお客さまは多いのですけど、まだとれないものですから」

「広島では養殖がされていると聞いたが、年がら年中とれるわけではないのだな」

「自然にとれるものを、人の力でなんとかたくさんとれないものかとはじまったものですから、とれる時季は昔と変わりません」

この女中によると、牡蠣の養殖がはじまったのは戦国の昔で、小林五郎左衛門《こばやしごろうざえもん》という者がその技術をつくりあげたという。

「去年は赤潮のせいで牡蠣がほぼ全滅したそうだな。今年はどうだ」

「自然が相手なので、まだなんともいえませんが、そんなことがないように、というのが広島の者の願いになっています」

女中に案内されて、俊介たちは二階の部屋に荷物を置いた。これまではだいたいどの宿も六畳間だったので、さすがに八畳間は広々と感じられる。

「あっ、畳のにおいがする」

おきみがいって、さっとうつぶせる。

「うーん、いい香り」

女中がそれを見て、にこにこしている。

「隣の深川屋だが、騒がしいな。なにかあったのか」

俊介は女中にたずねた。

「ああ、お気づきでございましたか。申し訳ございません」

自分たちが不始末をしでかしたように、女中が頭を下げる。

「実は、昨夜から女中が一人いなくなってしまったようなのです。それで、大勢の人たちが捜している最中でございますよ」

「ほう、女中がいなくなったのか。それは心配だな。だが、どうして女中を捜すのにやくざ者が関わっているのだ」

「それもご存じでございましたか」

困ったような顔になって、女中がわずかにいいよどむ。

「女中と申しても、実は飯盛女なのでございますよ」

女郎を抱えることを旅籠は禁じられているが、旅人の給仕をするという名目で、たいていの宿は置いている。だから、春をひさいでいるのにもかかわらず、飯盛女と呼ばれるのである。その口入れには、少なからず地のやくざが関わっている。いなくなったという深川屋の飯盛女を、先ほどのやくざ者たちは面子《メンツ》に懸けても捜し出し、連れ戻す気でいるのだろう。あるいは、口入れにやくざは関係なく、ただ捜し出すのに宿のほうがやくざ者に頼っているだけかもしれない。

いずれにしろ、やくざ者と関わる悪習はなんとかならぬものかと俊介は思う。

「その女中は逃げ出したのか」

「そうかもしれません。ですから、仁平《じんぺい》親分の子分さんたちが血眼《ちまなこ》になっているのでしょう。うちは飯盛女を置いていない平旅籠ですから、そういう騒ぎはありませんので、どうか、ご安心ください」

また女中がこうべを垂れた。気づいたように顔を上げる。

「すぐ夕餉になさいますか」

ふだんより短いとはいえ、八里半もの道のりを踏破したのだ。腹の虫が悲鳴を上げるほど空腹だが、俊介は即答を避けた。

「日暮れまで、まだ半刻近くはあるな」

俊介は女中に確かめた。

「はい、ございます。今は七つ半をまわったあたりだと存じます」

「ここから才蔵寺《さいぞうじ》は近いのか」

女中が一瞬、首をひねった。

「東山のほうにある才蔵寺でございますね」

「東山という地にあるかどうかは知らぬのだが、戦国の昔に槍《やり》の才蔵と呼ばれて活躍した武将が祀《まつ》られている寺だ」

「はい、その才蔵寺でしたら四半刻ほどで行けましょう」

その言葉を聞いて俊介は仁八郎、伝兵衛、おきみの順に目をやった。

「今から行ってきたいのだが、よいかな」

「その才蔵寺ってどんなところなの」

おきみが興味深げにきく。

「俺もよくは知らぬ。戦国の昔、笹の才蔵、槍の才蔵といわれた可児《かに》才蔵という剛の者がいたのだ。その武将の墓がある寺としか、俺も知らぬ」

「どうして行きたいの」

「可児才蔵どのに憧れがあるからだ。線香を手向《たむ》けたい」

「可児才蔵どのなら、それがしも存じてござる。才蔵どのは福島正則公にお仕えしておりましたな。当地に墓があるとはそれがしは知らなんだが。——仁八郎、どうだ、今からではまずいかの。わしも行きたいのじゃが」

「それがしも可児才蔵どののお名は存じています。お墓に手を合わせたく存じます」

「おきみ坊も一緒に来るな」

「もちろんよ」

才蔵寺から帰ってきたら夕餉にしてもらうということで、俊介たちは女中に道を聞いて出かけた。

才蔵寺は広島の町から見て、丑寅《うしとら》の方角に当たる。才蔵自身、主家である福島家を守ろうという願いを込めたのだろうか。だが、その願いもむなしく福島家は改易され、信州に去ったのだ。

歩を進めつつ、仁八郎が警戒の目を投げている。まだあたりは十分すぎるほどに明るい。俊介は、何者かに鉄砲で狙われている。狙うには十分すぎるほどの明るさが満ちている。

「あの杜《もり》ではないですか」

なにごともなく四半刻ばかり歩いたとき、仁八郎が指をさした。一町ほど先に、木々に覆われた小高い丘が望めた。樹間に本堂らしい建物の壁がのぞいている。

「うむ、そのようだな」

俊介たちが歩く道のまわりは田畑ばかりで、人けはほとんどない。ちらほらと百姓家が散見される程度で、薪がいくらでも拾えそうな豊かな林が左手に広がっている。

才蔵寺まであと半町ばかりまで迫ったとき、小さな橋のたもとに一人の托鉢僧《たくはっそう》が立っていた。その姿はどこかわびしげで、心を打つものがあった。

足を止めた俊介は財布を取り出し、一朱銀をつかんで鉢に入れた。

「善根をさせてくださり、かたじけなく存じます」

俊介は型通りの言葉を口にした。人々に善行を積ませるために托鉢は行われており、それゆえ布施をしたほうが礼を述べるのである。

托鉢僧は編笠を上げ、鈴を鳴らした。若い僧侶で、まだ二十歳《はたち》には少し間があるだろう。澄んだ瞳をしていた。剃《そ》り上げられた頭の両のこめかみに、二つの古い傷があるのが見えた。どうすれば、こういう傷ができるのか俊介は不思議だったが、たずねるわけにはいかない。

一礼して托鉢僧のそばを離れ、俊介たちは再び道を歩いた。

「やはりここですね」

仁八郎が足を止めていった。俊介は、目の前の三十段ばかりの石段を見上げた。才蔵寺と記された扁額《へんがく》が山門に掲げられている。

「よし、行くか」

階段を一気に上がって、俊介たちは才蔵寺の境内《けいだい》に足を踏み入れた。

少し前ならば、伝兵衛は息づかいも荒く、音《ね》を上げただろうが、旅を続けてきて、このくらいではなんということもなくなっている。足腰が鍛錬されて、家中一と謳われた槍の腕前もかなり戻ってきているはずで、俊介は是非とも技の切れを見てみたかった。

「あまり広い寺ではござらぬな」

伝兵衛が境内を見回していう。伝兵衛のいう通りで、本堂のほかには庫裏《くり》くらいしか建物が見当たらない。あとは地蔵堂のようなこぢんまりとしたものが二つあるだけだ。

庫裏を訪ね、柔らかな声と物腰の女性から線香を購《あがな》った。白髪は多いが、顔色はつやつやとしていかにも健《すこ》やかそうだ。寺で暮らす女性は誰もが心身ともに丈夫そうに見えるが、どうしてだろうか。

墓に向かって歩き出してすぐに、おきみが俊介に問うてきた。

「ねえ、才蔵さんはどうして蟹《かに》さんというの」

「名字が可児だが、おきみは不思議か」

「だって横歩きの蟹でしょ」

俊介はつい笑ってしまった。

「いや、その蟹ではないのだ」

どういう字を当てるか、おきみに教えた。

「ああ、そういう可児さんかあ。なーんだ。この可児というのは、なにか意味があるの」

「美濃《みの》国に可児という地がある。才蔵どのはそこの出ではないかといわれている」

「いわれているって、はっきりしてないの」

「なにしろ昔の人だからな。美濃ではなく、尾張の出ではないかともいう。戦国の昔、世に出た人は、出自がはっきりしておらぬ者が大勢いる。可児才蔵という人もその一人だ」

「ふーん、そういうものなの。有名な人なのに、どこが故郷かわからないだなんて、なんか妙な感じだわ」

いわれてみれば、確かにその通りだ。

俊介たちは墓の前に来た。さほど立派というほどではなく、どこにでもある大きさの墓石が立っている。このあたりは、才蔵という男の人柄をあらわしているのかもしれない。

「それがしが線香をつけよう」

伝兵衛が申し出、火打石を使いはじめた。

「ねえ、どうして笹の才蔵さんというの」

そのあいだにまたおきみが問うてきた。それか、と俊介はいった。

「可児才蔵どのは慶長五年の関ヶ原の戦いで十七の首を獲ったことで、その名を高めた」

「えっ、十七も。それってすごいことでしょ」

「そうだ。関ヶ原の戦いに参加していた者の中で一番の首の数だ」

「そうでしょうね」

「才蔵どのは、獲った首をいちいち持ち運べぬゆえ、自分が討ち取った証《あかし》として笹の葉を嚙ませていたのだ。首実検の際、その驚くべき偉業に神君徳川家康公から、今日から笹の才蔵と名乗るようにといわれ、この異名がついたといわれている」

「ふーん、人殺しが上手だったのね。どうして俊介さんは才蔵さんが好きなの」

「可児才蔵どのの武勇にあやかりたいと、前から思うていた」

おきみが不満そうな顔になる。

「俊介さんに人殺しなんて似合わないよ」

「それは今だからいえることだ。戦国の頃は、人を殺すことが正義だった。今とは考え方がまったくちがう。今は人を殺してはならぬが、当時の人にとっては、人を殺すことこそが正しかった。乱世ということもあるが、今とはちがうからといって、なんでも否定するわけにはいかぬ。昔のこともしっかりと認める必要があると俺は考えている」

「もし戦《いくさ》になったら、俊介さんも人を殺すの」

俊介は深くうなずいた。

「それが武門のつとめだからな。おきみは真田幸村《ゆきむら》という武将を知らぬか」

「知ってるわ。大坂の陣のときに大活躍した武将でしょ。死んだおとっつぁんが大好きだった。私も好きよ。ああ、考えたら、俊介さんのご先祖に当たる人ね」

「そうだ。幸村という名は軍記物から出てきたらしく、本当の名は信繁《のぶしげ》でよいのだろうな。幸村という名は知れ渡りすぎて、公の史料にもすでに載ってしまっているが。その幸村という人も大勢の人を殺して、英雄となった。俺が才蔵どのを好きなのと同じ理由だ」

「ああ、そういうことか。あたしも俊介さんと同じということね」

おきみは納得の顔だ。

俊介たちは才蔵の墓に線香を立て、合掌した。煙がまっすぐ上にのぼってゆく。夕凪《ゆうなぎ》というのか、いつしか風がなくなっている。

おきみもかたく両手を合わせている。なにか熱心に願い事をしているようだ。

俊介は旅の安全と父の病の快復を祈った。おきみも同じだろうか。母親が重い病にかかっており、その薬を一刻も早く得るために、この旅に加わったのだ。薬は芽銘桂真散《がめいけいしんさん》といい、長崎の薬種問屋にあることがわかっている。

日暮れの気配が迫っている。だいぶ薄暗くなりつつあった。

俊介たちは境内を出て石段を下りはじめた。おきみと一緒に俊介の前を行く伝兵衛が道を右に折れた。

「伝兵衛さん、そっちじゃないわ」

おきみが手を引っぱる。

「ああ、こっちか」

伝兵衛は、ときおり方向をまちがえることがある。耄碌《もうろく》しているわけではなく、昔から地理、地勢の類のことが頭から抜け落ちている。

おきみに引かれるままに歩き出そうとした伝兵衛だったが、ぎくりとして足を止めた。おきみが腕を逆に引っぱられ、がくんとよろめいた。

「伝兵衛さん、どうしたの」

伝兵衛は答えない。道脇に設けられた溝《どぶ》を見つめている。

「どうした」

俊介も声をかけた。伝兵衛がはっとして、こちらを見る。

「指が」

「なに」

ただならぬ気配を察して、俊介は溝に近づいた。むっと、顔をしかめた。確かに、藪《やぶ》のように生い茂った草のあいだから指が見えている。

俊介は草を取りのけた。伝兵衛も手伝う。仁八郎は、怪しい者が近づいてこないか、付近を警戒している。

草をすべて取りのけ終える前に、溝に人がうつぶせているのが知れた。

長い黒髪が肩にかかり、腰のほうまで流れている。橙《だいだい》色の地に黄色い花柄模様が配された小袖《こそで》を着ている。もはや息のないのは明白である。

「左手の小指が……」

蒼白《そうはく》になったおきみが震え声でいう。

俊介もすでに気づいていた。切れている。正確には切られているといったほうがよい。

「おきみ坊、こっちへおいで」

伝兵衛がおきみの手を引く。おきみが死骸から目を離すことなく、ゆっくりと後ずさってゆく。

俊介はあたりを見回し、小指を探した。だが、見当たらない。下手人《げしゅにん》が持ち去ったのか。今のところ、そうとしか考えられない。

指切りか、と俊介は思った。女郎がなじみの男に対して、必ずまた来てという約束のために行うという話は聞いたことがある。

女郎といえば、と俊介は思い当たった。深川屋という旅籠の飯盛女がいなくなったとのことだったが、もしやこの死骸がそうではないのか。

小指を切られたのが、約束を破ったからであるなら、犯人はなじみの男ということか。この飯盛女は深川屋を逃げ出したのではなく、連れ出されたことになるのか。それとも、手に手を取って逃げ出したものの、ここまで来て男が心変わりをし、女を殺したのか。

両手を合わせてから俊介はしゃがみ込み、死骸をじっくりと見た。むっ、と声が出た。細い首に指の跡が生々しく残っている。絞め殺されたのだ。こういう殺し方ができるのはやはり男だろう。

「俊介どの、どうしますか」

仁八郎がきく。

「奉行所に知らせるしかあるまい」

「町奉行所でしょうか。それとも郡奉行所でしょうか」

「ふむ、確かにわからぬな。このあたりの者に知らせれば、どちらかに走ってくれるのではないか」

「ならば、それがしがそこの家に知らせましょうぞ」

一町ほど先に建つ百姓家を見つめ、伝兵衛が申し出る。仁八郎が俊介のそばを離れられないのを念頭にいっているのだ。

「頼む」

俊介がいうと、承知いたした、と答えて走り出した。

「伝兵衛さん、気をつけてね。転んじゃ駄目よ」

「おう、おきみ坊、任せておけ」

いった途端、足を石に引っかけ、つんのめったが、なんとか体勢を立て直した。

「見たか、おきみ坊」

振り返って、笑いかける。その顔がずいぶんと若々しい。前に向き直るや、そのまま勢いよく走ってゆく。

すっかり暗くなった。

近くに建ついくつかの百姓家から、わずかな光が漏れている。朝が早い百姓衆は、じき寝に就くのではあるまいか。人殺しと聞いて、先ほどまで俊介たちを取り巻いて大勢がわいわい話していたが、明日のことを考えて次々に引き上げていった。

「すまぬな」

俊介は仁八郎、伝兵衛、おきみの三人に詫《わ》びた。

「腹が減っただろう。俺が才蔵寺に行きたいなどといわなかったら、こんなことにはならなかった」

「謝る必要などござらぬ」

伝兵衛がいいきった。

「それがしばかりでなく、仁八郎もおきみ坊も俊介どのとは主従同様にござる。主従であるならば、あるじの行くところ、どこにでもついてゆくのは当たり前にござる」

「そうよ。あたしも俊介さんが行くところなら、どこへでも行くわ」

「ほら、おきみ坊もこの通りにござる」

「だが伝兵衛、そうはいっても空腹は耐えがたいものがあるぞ」

「それがしもでござるが、ここは我慢の一手でござる。武士は食わねど高楊枝の精神にござるよ」

「おきみは女の子だぞ」

「大丈夫よ。男より女のほうが我慢がきくって、おっかさんがいっていたもの。我慢がきくから、お産のときの痛みに耐えられるんだって。男の人にはあの痛みは、耐えられるものじゃないらしいよ」

そんな会話をかわしていると、いくつかの提灯《ちょうちん》が近づいてくるのが見えた。

「来たようにございます」

それまで一言も話さずにいた仁八郎がぽつりといった。伝兵衛が手にしている提灯を回し、ここだと伝えた。

提灯の明かりの輪が大きくなり、やがて俊介たちのそばで止まった。やってきたのは、全部で十人の男である。

黒羽織を着込んだ着流し姿の者が二人いるが、これは江戸の町奉行所の定廻《じょうまわ》り同心と同じ身なりである。あとは同心の中間らしい者が二人に、検死医師なのか頭を丸めて十徳《じっとく》を羽織っている長身の男が一人いる。検死医師のそばに立ち、薬箱を手にしている若者は助手だろう。残りの四人は土地の百姓のようで、若くてたくましい体つきをした男が一枚の戸板を背中に担いでいる。

「おぬしらか、仏を見つけたというのは」

同心の年かさのほうがきいてきた。えらの張ったいかつい顔をしており、細い目に鈍い光がたたえられている。

「そうだ」

一歩前に出て俊介は答えた。

「仏はどこかな」

「こちらだ」

俊介は右に歩いて、溝を指し示した。かわいそうだったが、勝手に動かすわけにはいかず、女の死骸はそのままにしてある。

「ふむ、これか」

年かさの同心がかがみ込み、提灯を寄せるよう中間に命じた。

「首を絞められているな」

年かさの同心がつぶやく。その横で、やや若い同心が、腰を折り曲げて死骸をのぞき込んでいる。

「ずいぶん派手な着物ですね」

「女郎のようだな」

「まったくです」

「確か愛宕町で飯盛女が一人いなくなったな」

「ええ、深川屋ですね。この女がそうだと上迫《かみさこ》さんはおっしゃるのですか」

「十分に考えられるだろう」

「はい、さようですね」

上迫と呼ばれた同心が立ち上がった。

「玄藤《げんどう》先生」

医者に呼びかけた。

「検死をお願いいたします」

「承知いたしました」

玄藤が助手とともに溝に歩み寄り、女の死骸をあらためはじめた。助手が提灯を持ち、よく見えるように照らしている。

そのさまをじっと見ていた上迫が瞳を動かし、俊介をじろりと見た。

「仏には触れておらぬだろうな」

「もちろん」

上迫が俊介のそばに歩み寄ってきた。中間も一緒で、俊介の顔がよく見えるように提灯を持ち上げた。

「おぬし、名は」

不機嫌そうな声できく。

「俊介と申す」

上迫がいぶかしげな顔つきになる。

「おぬし、武家であろう。名字は」

「それはちと差し障りがあるゆえ、控えさせてもらう」

「差し障りだと。どういうことかな」

俊介は微笑した。

「答えられぬ」

上迫がにらみつけてきたが、すぐに目を伝兵衛たちに移した。

「この三人は」

「供の者だ。年寄りが伝兵衛、若いのが仁八郎、女の子はおきみだ」

「女の子は町人のようだが、二人は武家だな。こちらも名字はいえぬのか」

「できればいいたくないな」

上迫が濃い眉をぎゅっと寄せる。

「おぬしら、土地の者か」

「いや、旅の途上だ」

「どこから来た」

「その前によいか」

「なんだ」

「おぬしは何者だ」

思いがけない問いだったのか、上迫が目をむいた。すぐそばに来ていた若い同心も、驚きを隠せずにいる。

「わしたちは、広島町奉行所の町廻り同心である」

「ふむ、やはりそうだったか。なに、ちと確かめたかっただけで、他意はない。このあたりまで町奉行所の管轄ということか」

「そうだ。東山は町奉行所が受け持っておる」

「おぬしの名は」

「上迫広兵衛《ひろべえ》だ。これは同役の沖本久之丞《おきもときゅうのじょう》」

「ていねいに答えていただき、痛み入る」

それで、と広兵衛がいった。

「おぬしらはどこから見えた」

「江戸だ」

「旅の途上とのことだが、江戸からどこへ行く」

「九州だ」

「ほう、九州。それはまた長旅だ。なにをしに」

「商売だ」

仇討旅とはいえない。性分として偽りは口にしたくないが、これは方便であると自らにいい聞かせている。

「武家が商売だと」

「今は金が世の中を動かしておる。武家といえども、商売に関わらざるを得ぬ」

「どのような商売かな」

俊介はかぶりを振った。

「それはいえぬ。名字がいえぬのも同じ理由があるからだ」

「なるほど、そういうことか」

広兵衛は、なんとなく納得したような顔つきになっている。

「江戸からならば、西国街道を来たのであろう。どうしてこのようなところにおる」

「今宵は愛宕町の旅籠に泊まることになっているが、まだ日暮れまで間があったゆえ、才蔵寺へ参拝に来たのだ」

「それで、仏を見つけたか」

うむ、と俊介は顎を引いた。

「愛宕町のなんという宿に泊まっている」

「苗代屋だ」

「ああ、あそこはよい宿だ。あるじが熱意を抱いておる。食い物はうまいし、布団も上質だ」

食事か、と俊介は思った。空腹であることを忘れていたのに今の言葉で思い出した。だが、ここはまだ我慢するしかない。人が死んでいるのだ。

検死が終わったようで、玄藤がすっくと立ち上がった。助手が手渡した手ぬぐいで手をふきながら、口をひらく。

「上迫さん、沖本さん」

広兵衛と久之丞が玄藤に近寄る。俊介も静かに広兵衛の背後に歩み寄った。

「いかがでしたか」

広兵衛が玄藤にきく。

「死に至ったのは、強く首を絞められたことによる窒息だな。しかも、首の骨が折れている。上迫さんはご存じだろうが、首を絞められると、女の首の骨はたいてい折れる」

広兵衛が首を縦に振った。

「殺されたのはいつですか」

「体のかたまり具合からして、昨日の深夜から今朝《けさ》の明け方くらいにかけてではないかと思われるの」

深川屋からいなくなったのも、と俊介は思った。きっとそのくらいなのだろう。

「それから、ちと奇怪なのだが、左手の小指が切られておる」

「なんですと」

広兵衛と久之丞が驚愕《きょうがく》する。なんだ、気づいていなかったのか、とそのことに俊介は驚いた。もっとも、自分たちが指のことに気づいたときはまだ日があったが、今はもう真っ暗だ。わからなかったのも致し方あるまい。

広兵衛と久之丞がしゃがみ込み、提灯の明かりを頼りに仏をしげしげと見る。

「本当だ」

「下手人の仕業《しわざ》だろうが、どうしてこんな真似をしたのだろう」

広兵衛が考え込む。

「これが深川屋の飯盛女ならば、なじみの客と指切りげんまんをした挙げ句、ということは十分に考えられるな」

「約束をたがえたから、この女は指を切られたとおっしゃるのですか」

久之丞が広兵衛にきく。

「うむ、十分に考えられよう」

「首を絞められて殺されたということは、やはり犯人は男でしょうか」

「おそらくそうだろう」

「首に残った指の跡は大きいですから、男と見てまずまちがいありません」

玄藤が広兵衛にいった。

「仏が深川屋の飯盛女だとして、宿場からここまで連れてこられて殺されたことになるのかな」

広兵衛が自らの考えを述べた。久之丞が首をかしげる。

「深川屋で殺されて荷車で運ばれ、ここに捨てられたのかもしれませぬ」

「それはないな」

俊介は言下に否定した。

「なぜだ」

さっと振り返って久之丞が気色《けしき》ばむ。広兵衛が鋭い目でにらんできた。

俊介は平静な顔で答えた。

「切られた小指から血がかなり流れている。もし深川屋で殺されたのなら、これだけの血が流れ出るはずがない」

「なんだと」

広兵衛と久之丞が溝の死骸を見つめる。また二人の中間が提灯を低くして、あるじたちがよく見えるようにした。

「どこだ」

広兵衛が戸惑ったようにきく。

「ここだ」

俊介は指さした。女が着ている小袖の尻のあたりである。夜目ではかなり見にくいが、色がそこだけどす黒く変わっている。

広兵衛と久之丞が凝視する。

「確かに」

広兵衛がうなるようにいった。久之丞が深くうなずいてから、顔を上げた。玄藤も驚いたという顔を隠せない。

「この女がここまで来て殺されたのは、まちがいないな」

広兵衛が断を下すようにいう。

「しかし、どうして愛宕町からここまで連れて来られたのか」

つぶやいた広兵衛が、才蔵寺の階段を見上げる。久之丞もそちらに顔を向けた。

「下手人は才蔵寺と関わりのある者なのでしょうか」

広兵衛が首をひねる。

「今から事情は聞いてみるが、この寺には住職夫婦が住んでいるだけだ。果たしてよい話が聞けるものかな」

「寺は寺社奉行の管轄ではないのか。事情を聞くためとはいえ、入ってよいのか」

伝兵衛が広兵衛に問う。

「下手人が逃げ込んだときに追って境内に入ることはまかりならぬが、話を聞くくらいなら大丈夫だ」

「ほう、そういうものなのか」

広兵衛が土音をさせて俊介に半歩近づいた。顔を寄せ、どすのきいた声でいう。

「当分のあいだ、苗代屋を動かぬようにしてもらおう」

「当分のあいだというと」

「この一件が解決するまでだ」

急いでくれ。今朝見た夢のことが脳裏によみがえる。まちがいなく父の幸貫の願いなのだろう。

それを思えば、広島でぐずぐずすることはできない。できるだけ早く前に進むべきだ。町奉行所の同心の要請は、無理強《じ》いではない。俊介たちが振り切って旅を続けることになんの支障もない。

だが俊介は、この一件を放って前に進むわけにはいかぬ気がしてならない。溝に物言わずに横たわっている女を見つけたのも自分たちだし、女が働いていた深川屋の隣に宿を取ったというのも、運命のようなものを感じる。この一件を解決に導くように、天が命じているのではないか。

俊介は伝兵衛、仁八郎、おきみの順に目を当てた。三人の表情は穏和で、俊介の好きなようにすればよいと告げている。

「本当にいいのか」

俊介はそれでもたずねた。

「なに、俊介どの、天命にござるよ」

伝兵衛が、俊介の思っていることをずばりといった。これで決まりだな、と俊介は思った。広兵衛に向き直る。

「承知した」

それでよいとばかりに、広兵衛がいかつい顔を上下に動かした。

五

たっぷりと寝た。

まだ部屋は暗いが、目覚めはよい。眠気はまったくない。

昨日、女の死骸を目の当たりにしたものの、やはり旅の疲れのほうが上で、俊介は泥のように眠ったのである。おかげで疲れはすっかり取れた。

伝兵衛、仁八郎、おきみの三人はまだ夢の中にいる。おきみがなにか寝言をつぶやいている。どんな夢を見ているのだろう。幸せな夢ならよいが、と俊介は心から思った。それとも母親の夢だろうか。

俊介は寝床の上で大きく伸びをした。そうしたら、女の死骸が不意に脳裏によみがえった。哀れな、と感じた。うつぶせていたために顔はよく見ていないが、まだ若い女だった。二十歳の自分と、さして変わらないだろう。その若さにもかかわらず、理不尽にも命の火を何者かに消されてしまったのである。さぞ無念だったろう。

俊介は、今日からさっそく調べる気でいる。広島町奉行所の上迫広兵衛は能がありそうな男だが、果たして事件を解決に持っていけるものなのか。素人《しろうと》ではないから信頼できるのだろうが、こちらも力を貸したい。女の無念を晴らしてやりたい。

素人の自分たちにどこまでやれるのかという思いがないわけではないが、江戸でおきみの父親が殺されたとき、俊介はものの見事に真犯人を捕らえた実績がある。ここは広兵衛たちに力を貸すのが、最善の手立てではあるまいか。

傲慢《ごうまん》だろうか、と俊介は自問した。そうかもしれぬ。広兵衛が苗代屋を当分のあいだ動かぬようにといったのは、姓を名乗らぬことから俊介たちのことを怪しんだということもあるが、実際にはもっと詳しい事情を聞きたいからであろう。昨日、思い出さなかったことでも、時がたてばよみがえることがある。それを期待しているわけで、別に探索に合力してほしいなどと、これっぽっちも思っていないはずだ。

だが、それでもここはやるしかないと俊介は思った。事件を解決し、悠々と広島をあとにするのだ。俊介は江戸の方角に向けて正座し、合掌した。

父上、申し訳ありませぬ。できるだけ早く真犯人を突き止め、先を急ぎます。どうか、お許しください。

これで幸貫が許すとはとても思えないが、俊介は少しだけ気が軽くなった。

それから四半刻後に、仁八郎が目覚めた。常に刀を抱いて寝ているが、もちろん今朝もそうである。すでに部屋の中が明るくなり出していることに、ひどく驚いた。

「いや、よく寝ました」

仁八郎が恥ずかしそうに首筋をかく。

「こんなに眠ったのは、いつ以来でしょうか」

「仁八郎には無理をさせているからな。疲れがたまっていたのだ」

仁八郎が眉根を寄せ、首を振る。

「俊介どのの警護をつとめている身であるのに、そのご本人よりも遅く起きるとは、用心棒失格でございます」

「そのようなことはない。そなたは熟睡していても、いったんことがあれば必ず目を覚まし、俺を守ってくれる。それに、仁八郎のかわいい寝顔を見ているのも楽しかったぞ」

「それがしはかわいくなどありませぬ」

「仁八郎は、江戸でもおなごに騒がれていたではないか。そなたの寝顔を見て、胸をときめかせぬおなごは一人もおるまい」

むくりと伝兵衛が起き上がった。

「おはよう、伝兵衛」

「おはようございます」

伝兵衛がきっちりと正座し、俊介に挨拶する。仁八郎にもおはよう、といった。仁八郎が明るい笑顔で返す。

「しかし、仁八郎の寝顔がそんなにかわいいのだったら、わしも見たかったの」

「なんだ、伝兵衛、聞いていたのか」

「耳に入ってきただけにござる」

「伝兵衛どの、それがしなどよりもずっとかわいい寝顔の持ち主がそこにおるではありませぬか」

仁八郎が俊介の隣の布団を手のひらで示す。

おきみはまだ無心に眠っている。そのさまはまるで天女を思わせる。おきみはくりっとした目とほっそりした顎を持ち、もともとかわいらしい顔立ちをしているのだが、旅を続けてきたことで幼い部分が少しずつそぎ落とされたようで、このところ大人びた表情をすることがずいぶん多くなっている。末は、とんでもない美人になるのではあるまいか。

「かわゆいのう」

伝兵衛が目を細めて見つめている。

「まったくな」

俊介が同意したとき、襖の向こう側に人がやってくる気配が伝わった。仁八郎の目が鋭くなるようなことはない。俊介にも誰が来たか、わかっている。

「布団を上げにまいりました。入ってもよろしゅうございますか」

男の声がした。

「うむ、頼む。ただ、今しばらく待ってくれるか」

俊介は伝兵衛を見やった。伝兵衛がおきみを見つめて、小さくうなずく。

「かわいそうでござるが、起きてもらいましょうかの」

伝兵衛が優しく小さな体を揺り動かした。

おきみが目をぱちりとあけて、伝兵衛を見る。きゃっと声を上げた。

「どうした、おきみ坊」

「起きたら、目の前にしわが一杯の顔があったから」

「わしはしわが一杯か」

「一杯だが、伝兵衛は若いぞ。案ずるな」

伝兵衛がかぶりを振る。

「若いのにしわが一杯……。妙な慰め方にござるの」

ふふ、と笑いをこぼした俊介は襖に顔を向けた。

「よいぞ、入ってくれ」

布団が手際よく押し入れに入れられ、次いで食事が運ばれてきた。

鰺《あじ》の干物に海苔《のり》、納豆、梅干し、たくあん、卵、わかめの味噌汁と旅籠の朝飯とは思えないほど豪華だ。

「こ、これはすごい」

ようやく口に出した伝兵衛が、何度も首を振る。おきみは信じられないといいたげに、ぽかんとしたままだ。仁八郎は膳を見つめて身じろぎ一つしない。給仕をしている女中は、昨日、俊介たちを部屋に案内した明るい女で、俊介たちの様子にいかにも満足げである。

「どうぞ、お召し上がりください」

俊介たちは我に返って箸《はし》を手にした。

海苔も納豆も卵もいずれも吟味されているようで、味が濃い。

「これはうまいのう」

伝兵衛が感嘆の声を発する。

「すばらしい」

仁八郎も感極まったような顔だ。

「ご飯はいくらでもありますから、おかわりしてくださいね」

俊介は健啖《けんたん》ぶりを見せて、三杯食べた。

「朝からよう入りますの。さすがに俊介どのは若《わこ》うござる」

仁八郎も同じだけ食べた。それを見て、俊介は安堵《あんど》した。とても体調が悪いようには見えない。考えてみれば、昨夜も苗代屋に戻ってから、焼き魚と煮物が主菜の夕餉を食したが、仁八郎は俊介に劣らない量の飯を胃の腑《ふ》に詰め込んでいた。

食事を終え、俊介たちは茶をもらった。

「隣の深川屋からいなくなった女は、その後どうなった」

俊介は、才蔵寺近くで死骸を見つけたかもしれないことは伏せて、女中にたずねた。

女中が顔を曇らせる。

「昨日、お客さんたちが行かれた才蔵寺のすぐそばで見つかったそうですが、残念ながら殺されていたそうです。見つかったときは、殺されてからすでに半日近くたっていたようです」

やはり昨日の死骸は、深川屋の飯盛女だったのだ。

沈痛な表情で女中が続ける。

「御奉行所が調べはじめたそうですけど、まだ下手人は捕まっていないようです。一刻も早く捕らえてほしいと思います」

女中は憤りをあらわにいった。

「殺された女の名は」

「おすみさんといいます」

「歳は」

「まだ十九です」

「俺より一つ下か」

その歳で命を失うことになるとは、俊介は一瞬たりとも思ったことはない。きっとおすみという女も同じだったのではないか。

「ところで、もう一泊お願いしたいのだが、かまわぬか。広島見物をしたい」

その申し出はあっさり受け入れられた。

「ありがとうございます。今日も泊まっていただけるとは、とてもうれしゅうございます」

そのあと俊介たちは苗代屋を出た。おすみのことを知るのには、深川屋の者に聞くのが最も手っ取り早かろう。それに、広兵衛が来ているような気がしてならない。きっと手伝えることがあるのではないか。

おきみと伝兵衛も行きたいといい、留守番をさせるのもかわいそうで、俊介たちは全員で深川屋の前に立った。

大方の旅人がすでに発《た》ったあとなのか、それとも昨日は客を入れなかったのか、がらんとした感じの旅籠に足を踏み入れる。

案の定、深川屋にはすでに上迫広兵衛がやってきていた。土間の上がり框《かまち》に腰かけ、宿の者に話を聞いていた。人の入ってきた気配に振り向き、おっ、という顔になった。

「俊介どのではないか」

広兵衛がさっと立ち上がる。俊介は軽く頭を下げた。

「昨日は造作をかけた」

「いや、こちらも仕事なので」

俊介は広兵衛を見つめた。

「探索は進んでいるか」

広兵衛が苦笑する。

「進むもなにも昨日の今日だ。先ほどからはじめたばかりゆえ、まだなにもつかんでおらぬ。すべてはこれからだ」

「なにか手伝えることはないかな」

広兵衛がじっと見る。

「俊介どのは素人に見えるが、探索に自信があるのか」

「ないことはない」

「やったことがあるような口ぶりだな」

「実は江戸である」

「江戸で事件を解決に導いたのか」

「まあ、そうだ」

「経験は積んでいるということか。必要となれば、頼むこともあるかもしれぬ。だが、今はけっこうだ。土地の事件は土地の者に任せてもらおう。俊介どの、なにかあったら知らせるゆえ、今日のところはおとなしく引き取ってくれ」

そういわれては、したがうしかない。逆らうことなく俊介たちは外に出た。空が曇りはじめてきている。陽射しがさえぎられ、海からの風がいっそう涼しく感じられた。

「俊介どの、袖にされましたな」

伝兵衛が笑いかける。

「それで、これからどうされる」

俊介は首をひねった。

「女中にいったように広島見物でもするか」

「わあ、うれしい」

「おきみ坊、そんなにうれしいか」

「うん、うれしいよ。こんなに大きな町、楽しいところが一杯あるにちがいないもの。おいしいものも、たくさんあるはずよ」

「ならばおきみ、どこに行きたい」

俊介はきいた。

「牡蠣を養殖しているんでしょ。どうやってつくっているのか、見てみたい」

「牡蠣か。養殖しているところをみたいだなど、おきみ坊は本当に食いしん坊じゃの」

「だって大好物だもの」

「そうか。貝をきらいな子供は多いじゃろうが、おきみ坊はちがうのじゃな」

「あんなにおいしいもの、きらいになる理由がないわ」

俊介たちは海のほうへと足を進めた。

いくつかの町を過ぎただけで、すぐに浜に出た。

「どこで養殖をしているの」

「あれがそうではないでしょうか」

仁八郎が指さす。干潟に囲いがしてあり、人が入れないようになっている。気づいて見てみると、そういうところがひじょうにたくさんある。

「あれが全部、牡蠣を養殖しているの」

「おそらくそうじゃろうの」

「養殖ってどうやるの」

伝兵衛が詰まったので、代わりに俊介が引き取った。

「多分、稚貝をあの干潟に撒《ま》くのだろう。干潟だから潮の満ち引きがある。海水が満ちれば牡蠣が成長するのに必要な滋養も取り込むことができるのだろうし、潮が引けば採るのもそんなに手間がかかるまい」

「すごい数ね。いったいどれだけの牡蠣が採れるのかしら」

「さすが本場だけのことはあるのう」

一人の牡蠣漁師らしい、よく日焼けした男が、俊介たちを品定めするような目をしつつそばを通りかかった。俊介は、いま自分が口にした考えが合っているのか、漁師に確かめた。

「ああ、その通りですよ」

意外にやわらかな口調で漁師が答える。

「ここの海には何本もの川が流れ込んでいるが、その流れによって山の滋養がたっぷりと海に運び込まれ、それがふっくらとしたおいしい牡蠣を育ててくれるのですよ」

「去年は赤潮のせいで駄目だったそうだが、今年の見込みはどうかな」

漁師がむずかしい顔になる。

「今のところ順調に育っていますよ。ただし、自然が相手ですからね。なんともいえないですけど、このままなにごともなくいってくれればよいと願《ねご》うております」

「俺たちも祈っておこう。よい秋が迎えられたらいいな」

「ありがとうございます」

漁師が人のよさそうな笑顔になり、深く頭を下げた。

俊介たちは浜をあとにし、城下に戻った。

広島城を見物しようということになり、俊介たちは近づいていった。

城を見ると、俊介は血が騒いでならない。辰之助の仇を報ずる旅とはいえ、これまで諸国の城をいくつも見ることができ、そのときだけは心の弾みを抑えきれなかった。今もそうだ。

広島城は燦然とそこにあった。外堀越しに本丸が望める。

「天守が三つもあるのね。すごい」

おきみが歓声を上げる。

「大天守は五層の造りじゃな。あとの二つは小天守と呼ばれているはずじゃ。あんな造りはほかにはなかなかないぞ。浅野家の威勢そのものじゃな」

「あの城はほとんどが中国の覇者である毛利家から福島正則公の時代にかけて築かれたものだという。浅野家は、修築などを少しずつ施しているだけだろうな。それでもこれだけの城を維持しているだけで莫大な費えがかかろう。やはり浅野家の威勢といってよいのだろうな」

そのあとは堀の広さや深さ、石垣の傾斜のすばらしさ、横矢がかりの絶妙さなどを俊介は伝兵衛、仁八郎と話し合った。

その後、俊介たちは広島城をあとにし、食事をとった。おきみがうどんを食べたいというので、うどんと大きく看板を掲げている店に入った。

四人とも、あたたかなうどんを注文した。うどんはきつね色の汁で、昆布だしといりこだしが利《き》いていた。太いうどんには歯応えと腰があり、喉越《のど》しが実になめらかだ。江戸ではまずお目にかかれない代物《しろもの》で、俊介は舌が喜んでいるのを感じた。伝兵衛や仁八郎、おきみも夢中になって箸を使っている。

すっかり満腹して、俊介たちは店を出た。

「広島のうどんはうまいですのう」

伝兵衛が歩を進めつつ感嘆の声を漏らす。

「まったくだな」

「この町の人たちは幸せですね」

仁八郎がうらやましそうにいう。

「ほんとそうよね。あんなにおいしいうどんをいつでも食べられるんだもの」

おきみが首を縦に大きく動かす。

「それで、これからどうしますかの」

伝兵衛が俊介にきいてきた。

「さて、どうするかな」

そのとき、あっ、と仁八郎が声を出した。いきなり路地を出てきた町娘とぶつかりそうになったのだ。さすがに仁八郎はよけてみせたが、娘のほうは驚いてよろけそうになった。素早く手を伸ばし、仁八郎が娘を支える。

「大丈夫かな」

仁八郎が、娘がふらつかないのを見てから、ていねいに声をかけた。

「あっ、はい、大丈夫です。すみません、気がつかなくて」

顔を上気させた娘があわてて頭を下げた。着ている物は上等で、いかにも金がかかっている感じがする。

「いや、こちらこそすまなんだ。おぬしの気配に気づかなかった」

珍しいな、と俊介は思った。仁八郎でも気づかないことがあるのだ。やはり調子が悪いのだろうか。

「娘御、ところでなにを探しているのかな」

仁八郎が優しくたずねる。娘が、えっ、と目を丸くする。

「私が探し物をしていると、よくおわかりですね」

「なにやら一心に下を見ている様子だったゆえ」

「ああ、さようでございましたか」

娘が少し暗い顔つきになった。目がぱっちりとして鼻筋が通った華やかな顔立ちをしているだけに、そういう表情はあまり似合わない。これまでも、思い悩んだことはほとんどないのではあるまいか。とても育ちがよさそうなのだ。人を疑ったこともないような気がする。

「びら簪《かんざし》を落としてしまったのです」

「びら簪というと、筥迫《はこせこ》についているものか」

俊介がただすと、娘はうなずき、着物の襟の合わせ目にある小さな箱に手を触れた。

筥迫とは紙入れの一種で、懐紙や懐中鏡などを入れることが多い。特に武家の女性は、打掛を着たときには必ず持つべきものとされている。どうして筥迫にびら簪がつくようになったのか、俊介は知らないのだが、女性が歩くたびに胸元できらきらと光って、人の目を惹《ひ》きつける以外の効用はないように感じられる。ただ、びら簪は護身のために棒手裏剣のように使えるらしいから、武家の女性を中心に広まったのかもしれない。

「この筥迫は、おっかさんの形見なんです。これを身につけていると、おっかさんのことを偲《しの》べるので、私はいつも身につけているのです。びら簪をなくしたことなど一度もないのに、今日はどういうわけか、落としてしまったのです」

娘が泣きそうな顔でしょんぼりする。

「それに、これから人と会う約束があるのです。じき約束の刻限なのに、このままでは遅れてしまう……」

「だったら、あたしたちが探してあげる」

おきみが元気のいい声を出した。

「ねえ、俊介さん、いいでしょ」

「もちろんだ」

俊介はきっぱりといった。

「困っている者を見過ごすわけにはいかぬ」

俊介は町娘にどのあたりでなくしたのか、きいた。

「それがはっきりしないのです。とりあえず道を戻って探してみたのですが、見つかりませんでした」

「そなた、人とぶつかったりしておらぬか」

「ええ、ぶつかりました」

娘が冷静に答える。

「何人かの子供とすれちがったとき、一人の男の子とぶつかりました。びら簪がないことに気づいてすぐその場に戻ったのですけど、見つかりませんでした」

俊介はしばし考えた。

「ほかに、びら簪を落とすようなことがあったか、覚えがあるかな」

「いえ、ありません。どうしたら落としてしまうのか、と一所懸命に考えてみたのですけど、さっぱりわかりませんでした」

そうか、と俊介はいった。

「よし、男の子とぶつかった場所に案内してくれるか。そなたが戻ったとき、すでに誰かに拾われていたのかもしれぬ」

「私もそのことも考えたのですけど、どうしようもなくて」

俊介たちは娘に連れられるようにして歩き出した。

「あの、お侍方は旅の途中でございますか」

「うむ、そうだ」

「私はりつと申します」

「おりつどのか。俺は俊介、このいかめしい顔をした男が伝兵衛、そなたとぶつかりそうになった若いのは仁八郎、女の子はおきみだ」

おりつが俊介たちを振り返る。

「俊介さま、伝兵衛さま、仁八郎さま、おきみちゃんですね。覚えました。物覚えはよくないんですけど、小さな頃から人の名だけは一度聞くと忘れません」

「ほう、それはすばらしい才じゃの」

伝兵衛がうらやましそうにいう。

「わしなどいくら聞いても覚えられぬわ」

「伝兵衛さんはもう歳だから」

「おきみ坊のいう通りじゃ。齢《よわい》を重ねるというのは、つらいものじゃ。だが、いいこともあるのじゃぞ。なにより、つらいこと、つらかったこともすぐ忘れられる」

それから一町ほど行ったところで、おりつが立ち止まった。

「ここです。この辻で男の子とぶつかったのです」

あたりは家が建てこんでおり、声高にしゃべり合いながら行きかう人も多い。広島という町は、規模はまったく異なるが、こういう裏路地のような場所は江戸に似通っている。町人たちの言葉が荒い感じがするところも、そっくりである。

俊介たちは手分けして、あたりをじっくりと探してみた。

だが、びら簪は見つからない。

辻には一軒の小さな八百屋があり、店番をしているらしいばあさんが、店先に出した長床几《しょうぎ》の上にちんまりと座っていた。あの場所ならなにか見ていそうではないか、と俊介は感じた。

「ああ、そういえば、そこでなにかを拾い上げた女の子がいたわね。頭になにか挿していたような気がするわねえ。あれがびら簪かどうか、わからないけれど」

しわがれた声でばあさんが話す。

「どんな女の子だ」

俊介は勢い込んでたずねた。

「赤い着物を着ていたわね。その子と同い年くらいの女の子よ」

ばあさんの目は、俊介の横に立つおきみを見ている。

「その女の子に見覚えは」

ばあさんはあっさりと首を横に振った。

「ないわねえ」

「その女の子はどちらへ行った」

「あっちよ」

ばあさんは東を指さした。

「そうか。かたじけない」

おりつにうなずきかけてから、俊介は駆け出した。すぐに仁八郎が追い抜き、俊介の前に出る。

俊介たちは赤い着物の女の子を捜した。だが、なかなか見つからない。どこか路地を入っていったのかもしれない。となれば、このまままっすぐ東へ走っても女の子は見つからないだろう。

「びら簪を頭につけた女の子を見なかったか」

足を止めた俊介は、行き当たる者すべてに同じ問いをぶつけた。

伝兵衛とおきみ、おりつも同じことをはじめる。

そしてついに、その女の子なら、という女房を見つけた。

「この先の神社で、地面になにか描いて一人遊んでいましたよ。赤い着物を着ていて、頭にきらきらしたものをつけていました。あれは筥迫のびら簪じゃないかなって思いましたから、まちがいないと思います」

礼をいって俊介たちは再び走り出した。神社はほんの半町先にあった。鳥居の下で、赤い着物の女の子が、枝を使って地面に熱心に絵を描いていた。頭にはびら簪を挿している。

「ああ、よかった」

それを見て、おりつが胸をなで下ろす。俊介は仁八郎の先導で歩み寄った。

「それはなにを描いているんだい」

女の子に声をかける。女の子がにこりとする。びら簪が日を受けてきらきらしている。

「おとっつぁんよ」

俊介は絵を見つめた。

「いい男のようだな」

「おとっつぁんはとてもいい男だったのよ」

だった、ということは、もうこの世にいないのかもしれない。

「おとっつぁんは今どうしている」

「どうしているのか知らない。遠くにいるの」

遠くというのは、あの世のことを指すのだろうか。

「そうか。そなた、名は」

「みつ」

「おみつか。かわいい名だな。ところでおみつ、その簪はどうした」

「これ」

おみつが小首をかしげて、びら簪に触れる。

「拾ったの」

「実はな、おみつ。その簪の持ち主がそこにいる。落としてからずっと探していたのだ」

「えっ」

驚いて、おみつが立ち上がった。

「返してくれるか」

「いやよ、だってこれはあたしのだもの」

困ったな、と俊介は思った。

「ちょっとあんた、恥を知りなさい」

いきなりおきみがいったから、俊介はびっくりした。

「このおりつさんが落として弱っているのに、なにがあたしのものよ」

おきみがおみつに近づき、びら簪を抜き取ろうとする。

「やめてよ」

おみつが左手をびら簪に当て、右手を挙げてあらがう。

「返しなさいよ」

おきみは背伸びをして、びら簪をつかもうとする。

諍《いさか》いは望むことではなく、俊介はあいだに入ろうとした。そのとき横合いから走り寄る足音がし、おみつっ、と甲高《かんだか》い声が放たれた。

「どうしたの、おみつ」

あらわれたのは三十過ぎと思える女だ。

「おっかさん」

おみつが救われたような声を上げる。

「この人たちがあたしをいじめるの」

女がおみつを守るように立ちはだかる。俊介たちをにらみつけてきた。

「いや、いじめているわけではない。そのびら簪を返してもらおうと思っているだけだ」

「びら簪……」

女が振り返り、おみつの頭に目を向ける。両眉をきゅっと寄せた。

「おみつ、それはどうしたの」

「拾ったの」

女がおみつに向き直った。手を差し出す。

「よこしなさい」

「えっ、でも」

「早く」

おみつはうつむいたが、すぐに決意したように顔を上げ、びら簪を頭から取った。

「はい、おっかさん」

つぶやくような口調でいって、女に手渡す。受け取った女は俊介たちに体を向けた。

「お返しします」

「かたじけない」

俊介はいい、おりつを見た。おりつがほっとしたように前に進み出て、辞儀する。

「ありがとう」

女がいぶかしげにおりつを見つめる。

「あの、春海屋《はるみ》さんのお嬢さんですか」

「ええ、そうですけど、私のことを知っていらっしゃるんですか」

「もちろんです。私、高須屋《たかす》さんで働かせてもらっているんです」

「高須屋さん……」

おりつが首をひねる。春海屋と付き合いのある商家だろうが、商売のことに疎《うと》いおりつは知らないのだろう。

「とにかくこの簪はお返しします。すみませんでした」

おりつにびら簪を押しつけるようにして、頭を下げる。

「おみつ、行くわよ」

娘の手を取り、早足で歩きはじめた。母娘の姿はあっという間に見えなくなった。

おりつが手のうちのびら簪を見つめている。

「よかった」

しみじみといった。

「ずいぶんときれいなものだな」

俊介は声をかけた。

「あっ、はい。ありがとうございました」

おりつが深々と腰を折る。

「いや、当然のことをしたまでだ」

俊介は、おりつの手のうちにあるびら簪を見つめた。おきみも、びら簪に負けないようなきらきらとした目で見ている。

「ほんときれい」

「かなり細かい細工がしてあるようだな」

おりつがびら簪を俊介に見せる。

俊介は手に取り、しげしげと見た。おりつが横からのぞき込む。下がりに長くて細い金色の鎖が何本も使われ、その先に花びらを模した細工がなされた金具がついている。一朱銀のような形をした飾りに、さつまいものような柄がいくつか彫りつけてある。

「これはなんの柄かな」

俊介はおりつにきいた。

「牡蠣です」

おりつが明快に答える。

「牡蠣の彫物など、やはり土地柄ということだろうな」

「確かに土地柄といえるのでしょうけど、うちが牡蠣を扱っているものですから」

「先ほどの女房は春海屋といっていたが、料理屋でも営んでいるのか」

「うちは漆喰《しっくい》問屋です」

おりつの身なりと、先ほどのおみつの母親の言葉からして、相当の大店《おおだな》であるのは疑いようがない。

「漆喰問屋で牡蠣なのか」

「ええ、牡蠣殻から漆喰ができるものですから」

「えっ、そうなのか」

俊介は目を丸くした。

「初めて知ったぞ」

「わしもでござる」

伝兵衛が驚いたようにいった。

「この歳まで生きてきもうしたが、これまでまったく知らなんだ」

「それがしもでございます」

仁八郎が顎を引いていう。

「あら、俊介さんたち、大人なのに駄目ね。あたしは知っていたわよ。貝灰というのよね、おりつさん」

おりつがにっこりする。

「ええ、そうよ」

「どうしておきみ坊は知っているのじゃ」

「だって牡蠣は江戸でも食べるでしょ」

「わしも秋になると食させてもらうが、漆喰の材料になるとは聞いたことがなかった」

「そうね、武家屋敷までは行かないかもしれないね」

「行かぬというと」

「商売の人が、牡蠣殻を求めて裏路地まで入ってくるの。だからあたしは知っているのよ」

「そういうことか」

伝兵衛は納得の顔だ。俊介も、なるほどな、と思った。

おりつが笥迫にびら簪をつける。

「ありがとうございました」

再び俊介たちに頭を下げた。

「あの、お礼を」

おりつが巾着《きんちゃく》袋を取り出す。

「いや、いらぬ」

「そうおっしゃらず」

「いや、本当によい。謝礼目当てにしたことではない」

「でも」

「本当によいのだ」

俊介はやや強くいった。

「さようですか」

仕方ないか、というようにおりつがしぶしぶ巾着袋をしまう。

「おりつどの、これから人に会うのではないのか」

仁八郎が思い出させるようにいった。おりつが、びくんと背筋を伸ばした。

「あっ、はい、そうでした」

「早く行ったほうがよい」

「ありがとうございます。では、これにて失礼いたします。なにかあったら、袋町の春海屋までおいでください」

「承知した」

おりつが裾をひるがえし、道を小走りに行きはじめた。その姿はあっという間に雑踏の中に消えていった。

「さて、これからどうする」

俊介はおきみにたずねた。

「あたし、なんか、疲れちゃった」

「そうか。ならば、宿に戻るか」

俊介も汗みどろになっている。着替えをし、汗を流したい。苗代屋では、もう湯は沸いているだろうか。

俊介たちは右側に向かって足を踏み出した。

「あっ、そっちか」

伝兵衛がまたも逆へ行きそうになっていた。

「しかし、皆、よく宿の方向がわかるのう。初めての町だというのに、不思議なものじゃよ」

なにやらぶつぶついっている。

「お城の天守が城下のどこからでも見えますから、それでだいたいの方向の見当をつけるんですよ」

仁八郎が伝兵衛に教える。

「ああ、なるほど、そういうことか」

伝兵衛が天守に目を向ける。

「今はこの方向に見えるから、ふむふむ、こっちに向かっているのか」

明らかに解していない。

「あっ、おりつさんだ」

おきみが指さす。大寺の参道になっている広い道に、たくさんの小店が軒を連ねている。大勢の人が店を冷やかして行きかっているが、その中にどうやらおりつがいるようだ。

「ああ、本当だ」

仁八郎がすぐに見つけたようだ。俊介もその直後におりつの姿を見た。

「どこかの」

伝兵衛はまだわからずにいる。

「びら簪が胸元で光ってるでしょ。——あっ、向こうを向いたから、見えなくなっちゃった」

「若い男の人と一緒のようだな」

おりつは、逢《あ》い引きに行く途中だったようだ。約束の刻限に間に合わせたくて、焦る気持ちはよくわかる。

「おりつさんより歳上ね」

おきみが若い男を見つめていう。

「うむ、三つ四つはちがうかな」

男もかなり上質の着物を身につけている。頬がたっぷりとしていて、垂れ目である。いかにも優しげで育ちがよさそうに見えた。

あと三間ばかりまで近づいてきた。おりつの目は男にだけ向けられ、俊介たちに気づかない。

「健吉《けんきち》さん」

小間物屋の前で足を止め、おりつが弾んだ声で呼んだ。

「これ、きれいね」

おりつが櫛《くし》を手に取った。

「本当だね。細工もよくできているよ」

健吉というのか、と俊介は思った。見つめ合って笑い合う二人はいかにも幸せそうで、二人の世界を心から楽しんでいる。

「邪魔をしては悪い。行こう」

俊介は小声でおきみをうながした。

「そうね」

おきみが俊介の手を握ってきた。やわらかであたたかい。

握り返しながら、俊介は有馬《ありま》家の姫の良美《よしみ》を思い出した。今どうしているのだろう。元気でいるにちがいない。次はいつ会えるだろう。こういうふうに思うなど、良美に恋心を抱《いだ》いているのがはっきりとわかる。

「俊介さん、なにを考えているの」

おきみが、おもしろくなさそうな顔で見上げている。

「どこぞの女の人のことでしょ」

俊介はぎくりとした。

「どうやら図星だったようね。誰のことを考えていたの」

「誰でもよいではないか」

おきみが俊介の手の甲をきゅっとつねる。

「いたた」

「痛くないでしょ。痛くならないようにつねったんだから」

「いや、痛いぞ」

「男なのに情けないわねえ」

おきみにいわれて、俊介は心中で首を振った。どうしておなごというのは、こんなにも勘がよいのだろうか。

まったくもって、驚きでしかない。

六

のんびりとしたものだ。

一町ほど離れたところから善造《ぜんぞう》は、俊介たちを驚きの目で見ている。目はいいから、俊介たちの動きは、はっきりと見えている。

俊介は度胸が据わっているのか、それとも、ただ鈍いだけなのか。

なんといっても、俊介たちは広島城下を見物しているのだ。いつもよりだいぶ遅い朝餉を終えた頃に、まず牡蠣の養殖されているところを見に浜へ行った。牡蠣の漁師に話を聞くなど、俊介はかなり熱心だった。真田の当主になったら、そのとき山国の松代で牡蠣の養殖をはじめる気ではないかと思えるほどの熱意が、遠目でも感じられた。

その後は城下に戻り、広島城を飽かずに眺めていた。真田家の棟梁《とうりょう》となる男だから、城のことに熱心なのはよくわかる。天守のことや石垣のことを、伝兵衛や仁八郎と楽しげに語り合っていたようだ。

父幸貫の危篤などもあって、先を急ぐ旅なのに、どうしてこんなにのんびりしているのか、善造には不思議でならない。

才蔵寺のそばで女の死骸を見つけたことで、広島町奉行所の同心に足止めされているのはわかっているが、それにしてもあそこまで無防備に動けるものか。仁八郎に対する信頼が厚いのはわかるが、いくらなんでもゆだね過ぎなのではないか。

俊介は狙われている。自分の身に置き換えたとき、あんな悠揚迫らぬ態度でいられるかというと、善造には自信がない。やはりそのあたりは、大名の跡取りとして生まれついただけのことはあるのか。

いや、やはりあの男は鈍いのだ。なにも感じていないに過ぎない。決して器の大きさなどではない。

少しだけ歩いて、善造は商家の建物の陰に半身を入れた。そこから、再び俊介たちを眺めた。あまり瞳に力を入れないようにしなければならない。なにしろ、俊介のそばには仁八郎が控えているのだ。

あの若い遣い手は、勘が恐ろしいほどに鋭い。

尾張名古屋の近くで、善造は一度、俊介を狙って鉄砲を放っている。そのときはしくじりに終わったが、仁八郎には、眼差しを感じ取られたはずだ。

仁八郎は一度感じたその眼差しの感触を決して忘れまい。また同じ目に見られていると知ったら、いきなり地を蹴ってこちらに駆け出してきてもおかしくないのである。あの男なら、そのくらいたやすくしてのけよう。

とにかく皆川仁八郎をなんとかしなければ、狙撃がうまくいきようはずもない。だからといって、仁八郎を殺すのは易《やさ》しいことではない。よほどの距離を置いて鉄砲を構えないと、こちらがひそんでいるところなど、あっさりと看破されそうな気がしてならない。

いくらなんでも脅えすぎだろうか。いや、そんなことはない。用心しても、し足りないのが狙撃というものだ。仁八郎が相手ならば、より細心の注意を払わなければならない。

その後、人のよいことに、若い娘の失《う》せ物を探すのを俊介たちは手伝った。どうやら笥迫についているびら簪を娘はなくしたようだが、俊介たちは一所懸命で、探しだした頃にはほとんど汗みどろになっていた。

人のためにどうしてあれだけの汗をかけるのか、善造には不可思議以外の言葉が見つからない。

ああいう性格ならば、あの男が真田領を治めるとき、領民は幸せになれるかもしれない。

だが、そのときは永遠にやってこない。この俺が俊介をこの世から排するからだ。

びら簪を探し出したあと、俊介たちは町娘と別れた。このあとどうするか、注意深く見守っていたが、俊介たちは西国街道のほうに向かって歩き出した。おきみが疲れたのではないか。きっと宿に戻り、体を休めるのだろう。

案の定だった。俊介たちが苗代屋に入るのを確かめてから、善造はさっときびすを返した。同じ愛宕町にある鈴野《すずの》屋という旅籠の暖簾を払い、土間に足を踏み入れる。

「お帰りなさいませ」

番頭がもみ手をしつつ寄ってきた。

「広島の町はいかがでございましたか」

「なかなかよい町だな。食べ物も、江戸よりずっとうまい」

「それはようございました」

番頭が相好を崩す。

「部屋に戻られますか」

「うむ、そうしよう」

「ところでお客さま」

「なにかな」

「明日はいかがされますか。ご出立なされますか」

「いや、まだ考えていないのだが、いま返事が必要かな」

「いえ、あとでもけっこうでございます」

「早めに聞けたら楽ということか。明日も泊まらせてもらおう」

善造は巾着袋を懐から出し、中から五百文を取り出した。通常、鈴野屋は三百三十文なのだが、相部屋を避けるために善造はあえて高い金を払っているのだ。

「受け取ってくれ」

「ああ、これはありがとうございます。助かります」

番頭がうやうやしく手を差し伸べる。

「また同じ部屋を使ってよいのだな」

「はい、さようにございます」

うなずいた善造は階段を上がり、二階の一番奥の部屋に落ち着いた。部屋の中に変わったところはない。行李《こうり》も動かされた形跡はない。この中には組み立て式の鉄砲が入っている。善造の留守中、ここに忍び込んだ者はいないようだ。

善造は畳の上にあぐらをかいた。

俊介を殺すのにはどうしたらよいか。

苗代屋に火をつけ、驚いて外に出てきたところを狙い撃つか。火の勢いが強ければ、俊介の姿は赤々と浮かび上がるにちがいない。仁八郎もきっと火事に気を取られよう。そこを撃てば、楽々と俊介を亡き者にできるのではないか。

だが、人一人殺すのにそこまでやるのは、さすがに気が引ける。殺しをもっぱらにする者として甘いのかもしれないが、苗代屋の者がかわいそうだ。関係ない客が焼け死ぬかもしれない。あまりに乱暴すぎるし、夢見が悪い。それに、火事ということで、逆に仁八郎は警戒し、俊介のそばを離れないかもしれない。

もっといい手を考える必要がある。

俺の腕なら標的だけをびしりと仕留めなければならない。鮮やかに美しく玉を当てなければならない。

善造は横になった。畳はきれいで、ほかの宿とはちがい、体がかゆくなるようなことはない。

目を閉じる。このまま眠ってしまいそうだ。

夕餉が楽しみでならない。

この宿の食事はおいしい。ただ、好物の牡蠣が時季でないのは残念でならない。江戸に帰って秋がめぐってくればまた食べられるのはわかっているのだが、養殖発祥の地で、本場の牡蠣を是非とも食してみたかった。味のちがいを確かめてみたかった。

俊介を仕留め、この地を離れたら、次はいつ訪れられるものか。

もしかすると、本場の牡蠣を食べる、これが最後の機会だったのかもしれない。

そのことを思うにつけ、季節でないのが善造には無念でならない。

第二章　俊介、艶《たお》れる

一

はっとして起きた。

予感がある。俊介は横に目をやった。

やはり仁八郎がいない。

俊介は反対側に目をやった。

いつものようにおきみは健やかな寝息をつき、伝兵衛はいびきをかいている。

伝兵衛は、今夜は目を覚ましていないようだ。

俊介は静かに立ち上がった。おきみと伝兵衛は、かすかに身じろぎしただけだ。

寝息の健やかさは変わらず、いびきは少しだけ低くなった。

俊介は刀架の刀を手にした。襖をあけて部屋を出る。暗い廊下を歩き出したが、まだ夜中の八つ頃で、まわりから聞こえてくるのはいびきや歯ぎしりである。なにかをいっているのか、寝言も耳に届く。起き出し、七つ立ちを目指して旅支度をはじめている者は一人もいないのだ。

これがあと四半刻もすれば、喧噪《けんそう》が立ち上ってくるのだろうが、今のところ苗代屋は静謐《せいひつ》の幕に覆われている。

俊介は階段を降り、階下に立った。人けはない。台所のほうで、人が動いている気配がする。宿の者が起き出し、早立ちの旅人のために、飯を炊きはじめようとしているのだ。宿の者のこういう苦労があってこそ、自分たちの旅は支えられている。感謝しなければならない。金を払っているから当然だ、というのは傲慢な考えでしかない。

俊介は一階の廊下を歩き、庭にある厠に向かった。庭に出るためには、まず狭い土間に置いてある草履を履き、板の扉をあける必要がある。俊介は実際にそうした。

夜気が体を包み込む。じき梅雨《つゆ》の頃だというのに、けっこう冷える。

俊介は左手にある厠の影を認めた。そこに向かって歩き出す。厠は四つあり、今はいずれも空《あ》いていた。仁八郎はいない。下痢でも糞詰まりでもないわけだ。いったいあの男はどこに行ったのか。

不安の矢が何本も俊介の胸をよぎる。できることなら、仁八郎、どこにいる、と叫びたいくらいだ。

厠に行ったはいいものの、まさか部屋をまちがえて、別の者と一緒に寝ているというようなことはないだろうか。

仁八郎に限ってそんなことはあり得ぬ。

それとも、外に出ていったのか。この真夜中といっていい刻限にどこに行くというのだ。それに、厠ならともかく、仁八郎は黙って遠くに行くような男ではない。

ならば、ほかにはどういうことが考えられるか。

旅の疲れが一気に出て庭のどこかで倒れているのではないか。仁八郎がいくら強靱でも、これは考えられないことではない。厠から部屋に戻ろうとして、ふらふらと植え込みの陰に倒れ込み、今も目を覚まさずにいる。

その想像が頭を支配し、俊介は心配でならなくなった。仁八郎の姿を求め、庭を捜しはじめた。

厠から二間も離れていない植え込みをまずのぞき込んだ。

おっ。人がうつぶせている。

「仁八郎」

小声で呼んだ。いや、ちがう、仁八郎ではない。なにしろ髪が長い。しかも、派手な小袖をまとっている。仁八郎の着物とは、まったく異なる。

俊介はじっと見た。おととい夕刻、才蔵寺のそばの溝でむくろになっていたおすみという女が思い出された。

この女も飯盛女だろうか。ここで倒れているということは、この宿で働いていたのか。いや、ここ苗代屋は平旅籠で飯盛女は置いていない。ということは、別の宿から運ばれてきたのか。

すでに息がないように見える。だが、ただ眠っているだけかもしれない。

「おい」

念のために体を揺すってみた。冷たくはないが、あたたかみもない。事切れてから、相当たっているのはまちがいない。

むっ。俊介は顔をしかめた。またも左手の小指が切られているのに気づいたのだ。おすみと同じ者に殺害されたのだろう。そう思って首に目を当てると、うっすらと指の跡が見えた。

ただし、いつまでも女のむくろを見ていられない。役人に知らせなければならない。俊介はさっときびすを返した。

庭を歩いて扉をあけ、狭い土間に入る。廊下を進み、台所に向かう。

十人近い男女が、もうもうと立ちのぼる湯気の中で働いていた。

台所に入るのは遠慮し、土間との境に立って俊介は手近の一人を手招いた。味噌汁の具にするのか、わかめを刻んでいた。

「なんでしょう」

俊介に気づいてそばにやってきたのは、五十代と思える女中である。

「人が殺されている」

「えっ」

女が目をみはる。

「もう一度、お願いできますか」

「人が殺されている。庭だ」

「ええっ」

体をひるがえした女が、たいへんよ、と叫んだ。奉公人たちの目が女にいっせいに向く。

「庭で人が殺されたらしいの」

「ええっ」

台所にどよめきが走る。

「あのお侍が知らせてくれたの」

俊介は台所に足を踏み入れた。奉公人たちの眼差しが注がれ、針のようにちくちくする。

台所の差配人らしい男に、俊介は詳細を語った。朝餉の支度の手を止めさせ、庭にある死骸も見せた。ほかの奉公人たちもついてきたが、誰もが驚愕し、声がない。

「手前が町奉行所に知らせてまいりましょう」

一人のやせた男が裏口から外に出ていった。

ほかの者はあるじや番頭に知らせた。

そこまで見届けた俊介は、なにが起きたのか伝兵衛たちへ説明するために一人、部屋に戻った。

襖をあける。

「あっ」

我知らず声が出ていた。

「仁八郎」

「ああ、俊介どの」

仁八郎が安堵の息を漏らす。

「ご無事でしたか。厠から戻ってきたら俊介どのがいないので、いま捜しに行こうと思っていました」

俊介は眉をひそめた。まさか仁八郎が。いや、そんなことはあり得ぬ。仁八郎が人殺しなど、するはずがない。

「仁八郎、本当に厠にいたのか」

「はい、おりました」

「俺は厠に行ってきたばかりだ」

仁八郎が首をひねる。

「俊介どのはどこの厠に行かれました」

「庭だ」

仁八郎が微笑する。

「厠はこの建物の裏にもあります。そこなら庭に出る必要がありませぬ」

「まことか」

「嘘はつきませぬ」

「厠では、また長かったのか」

「はい。また詰まり気味で」

そうか、と俊介はいった。仁八郎が階下の騒ぎを気にするような素振りを見せた。

「実はな、仁八郎」

俊介はなにがあったか、話した。

「なんですって」

仁八郎の腰が浮きかける。この驚きように偽りはなかった。仁八郎は、女の死に関わりがない。わかっていたことではあったが、俊介は安堵した。

「若殿、いや、俊介どの、今のはまことでござるか」

伝兵衛が起き出し、寝床の上に正座する。

「伝兵衛、おはよう。ああ、本当のことだ」

「さようでござるか」

伝兵衛がむずかしい顔で腕組みをする。

「しかし、飯盛女に見えもうしたか。ここは平旅籠ゆえ、飯盛女はいないはずだが」

「伝兵衛、俺は旅籠の仕組みなどに疎《うと》いのだが、よその旅籠から飯盛女を呼ぶことができるのか」

伝兵衛がかぶりを振る。

「それがしもそのあたりのことは、わかりもうさぬ。なにしろ、ずっと江戸詰にござったゆえ、旅というものをろくに知りもうさぬ」

「そうか。ならば、役人にきいてみることにいたそう」

そのとき仁八郎が聞き耳を立てるような仕草をした。

「どうやら来たようですね」

直後、どやどやと階段を上がる乱れた足音が聞こえてきた。からり、からりと襖があけ放たれる音が耳を打つ。

「この宿内で人殺しがあったゆえ、無断での外出を禁ずる」

そんな声が耳に届く。まだ明け方といえない刻限にもかかわらず、苗代屋には町奉行所から多勢の役人が乗り込んできたのだ。検死医師も一緒だろうか。泊まっている旅人だけでなく、宿の奉公人も含めて、当分、外に出ることはできない。

「どうしたの」

眠り続けていたおきみが、騒ぎに目を覚ました。目をこすり、俊介を見やる。

「なにかあったの」

「ああ、あった」

そのとき俊介たちの部屋の襖もあけられた。

敷居際に立っているのは、上迫広兵衛だ。

「ああ、俊介どの」

俊介はうなずいた。

「お役目ご苦労に存ずる」

「前にもいったが、これが仕事だ」

広兵衛が一礼して部屋に入り、俊介の前に正座した。

「台所の者と話したが、仏を見つけたのは、俊介どのだそうだな」

「仏っ」

おきみが驚きの声を出す。

「なに、誰か亡くなったの」

仁八郎に小声できいた。

「どうやらそのようだ」

「この旅籠の中で」

「うむ、そうだ」

「俊介どの、どうやって仏を見つけた」

広兵衛がたずねる。

「先ほど庭の厠に行った。小用を済ませて部屋に戻ろうとしたら、そばの植え込みから妙な気配が漂っているような気がし、のぞきこんだ。そうしたら、女が横たわっていた。息がないように思え、確かめたら、やはり亡くなっていた」

仁八郎を捜そうとしたら、そこに遺骸があった、とはいえなかった。仁八郎に殺しの疑いがかかるのが怖いのではなく、仁八郎のことを案じていることを知られたくなかった。仁八郎になにか秘密があるにしても、そのことを気にかけているように思われたくなかった。そのうちきっと仁八郎は話してくれるはずなのだ。

広兵衛が眉根を寄せる。

「死骸から妙な気配が発せられていたのか。まことか」

「うむ、まことだ。いい方は悪いが、死者の怨念というものかもしれぬ」

釈然とした顔ではないが、広兵衛が問いを続ける。

「また左手の小指を切られていた。それも見たか」

「うむ。絞められた跡が首にあるのも見た」

「さようか」

「仏が誰かわかったのか」

「うむ、わかった」

広兵衛が大きくうなずく。

「名はおくまだ。歳は二十歳」

「飯盛女か」

「そうだ」

「どこの」

「ここのだ」

「だが、ここは平旅籠だろう」

「宿場役人に黙って、何人か置いてあったのだ。飯盛女がいる宿に泊まれなかった旅人の求めに応えるためだ」

「おくまという娘もそうなのか」

「ふだんはふつうの奉公人として働いて、夜は飯盛女に早変わりという寸法だ。この旅籠の者だったから、身元もすぐに確かめられたというわけだ」

「今宵、おくまという娘は誰かに抱かれていたというわけか」

「その客には、さっき話を聞いてきた。部屋で情をかわしたあと、深夜になっておくまは出ていったそうだ。そのあとその客は高いびきで、なにも知らぬそうだ。嘘はついておらぬと俺は見た」

広兵衛が首を振る。

「おとといに続いての惨劇だ。この町はつねに平穏とはいえぬが、さすがに殺しが続くというのは、なかなかない」

「おくまどのだが、客の部屋を出て自分の部屋に戻ろうとしていたのか」

「そうだと思う。次の日は仕事があるので、早めに客の部屋を出ることを常にしていたそうだ」

「自分の部屋は母屋《おもや》にあるのか」

「そうだ。階下の中二階だ。自分の部屋といっても、五人の女中との相部屋だ」

「客の部屋を出たあと、外の厠に行こうとしたのか。中にも厠はあるのに」

「そのときそれがしがいたのです」

仁八郎が済まなそうにいった。

「それがし、ここしばらく糞詰まり気味で、長いこと入っていたのです。女の人が厠の戸をあけようとしたのですけど、先客がいることを知って、ああ、ごめんなさい、と謝ってきました。女の人の気配は遠ざかっていきました」

おくまは庭の厠に行こうとして襲われ、絞殺された。そして小指を切られ、植え込みに捨てられた。

「ああ、そうだ。おすみの状況もわかったから、教えておこう」

俊介たちは広兵衛に注目した。

「おくまと同じように客の部屋を離れたあと、厠に行こうとしてかどわかされたようだ。厠の前におすみの簪が落ちていた」

「おすみが才蔵寺まで連れていかれた理由はわかったか」

「わからぬ」

広兵衛が疲れたような息をつく。

「おくまは宿内で殺された。どうして二人の状況が異なるのか、まださっぱりわからぬ。俊介どのはどう見る」

「なにか二人に相通ずるものはないのか」

「そいつはまだ探索中だ。とはいっても、おくまのほうはこれからだが」

広兵衛が腕組みをする。

「二人の共通のなじみ客が犯人ではないか、と俺はにらんでいる。旅人だけでなく、近在の村々からも女を抱きにやってくるゆえな。この宿が平旅籠と見せて実は何人かの飯盛女を置いていることを知っているのも、近在の者だからではないか。客の部屋を離れたあと、厠に行くのを知っていたのは、なじみ客だったゆえだろう」

広兵衛が、これで話は終わりだといわんばかりに立ち上がった。

「俊介どの、まだしばらくこの宿を離れずにいてくれ。決して疑っているわけではないが、仏を見つけた者というのは最も怪しまれるものだ。つとめだと思って、あきらめてくれ」

襖をあけて、広兵衛は出ていった。

二

朝餉を終えてのんびりとしていると、廊下を渡る足音が聞こえた。

「お嬢さま」

腰高障子越しに声をかけてきたのは、女中のおすてである。

「どうしたの」

おりつは腰高障子を横に滑らせた。廊下にひざまずいたおすての細い目が見上げている。

「旦那さまがお呼びです」

「おとっつぁんが」

おりつは首をかしげた。

「なんの用かしら」

おりつは廊下に出た。おすての先導で広い母屋を進んでゆく。母屋は春海屋の家人だけが暮らしており、おすてなど数人の限られた女中だけが家事を主に働いている。

「旦那さま、お嬢さまがいらっしゃいました」

「入りなさい」

重々しい父親の起左衛門《きざえもん》の声が襖を通じておりつの耳に届いた。

「どうぞ」

おすてが襖をあける。おりつは敷居を越え、文机《ふづくえ》が隅に置いてある暗い八畳間に入った。

　起左衛門は大店の春海屋のあるじらしく、堂々とした体軀《たいく》だ。部屋の真ん中に座布団を敷き、それにどっかと座っている。五十一という歳より幾分か老けて見える。いかつい顔をして肌はよく日に焼けたように黒い。おりつは、おとっつぁんも漆喰を塗れば白くなるんじゃないかしら、と心ひそかに思っている。

「まあ、座りなさい」

　起左衛門は冷静でいようとしているようだ。怒鳴りたいところを、なんとか気持ちを抑え込んでいる。背後から座布団を回してきた。おりつは素直にその座布団に正座した。

　起左衛門がにらみつけてきた。

「おまえ、わしに隠していることはないか」

　おりつはどきりとしたが、心の動揺は面《おもて》に出さない。

「おとっつぁん、前からおまえと呼ぶのはやめてっていってるじゃない。いつになったら、直るの」

「そんなことはどうでもいい。話をそらすんじゃない」

こほんと起左衛門が空咳をする。

「おりつ、おまえが健吉と会っているのを見た者がいる」

「えっ」

「昨日、逢い引きしていたそうだな」

おりつは無言を決め込んだ。

「答えないか。まあ、それでもよい。おりつ、どうして健吉と会うんだ。あれほど駄目だと口を酸《す》っぱくしていっただろうが」

起左衛門が顔を近づけてきた。汗ともいえない妙なにおいがする。

「健吉が何者か知らないわけじゃないだろう」

「秋津《あきつ》屋さんの若旦那よ」

おりつははっきりといった。

「あの店の者と会っては駄目だ。いったい何度いったらわかるんだ」

ねえ、とおりつはいった。

「うちはどうして秋津屋さんとそんなに仲が悪いの。うちと同じ漆喰問屋なのに」

「商売敵《がたき》だからだ」

「でも、昔は兄弟だったんでしょ」

「それは遠い戦国の昔の話だ。昔は確かに兄弟だった。秋之助《あきのすけ》と春之助《はるのすけ》の父親である栗栖夏之進《くりすなつのしん》は毛利さまの家臣で、勇猛の士として知られていた。だが、思うところがあって侍をやめ、商人になった。そして長男の秋之助に本家を、次男の春之助に分家を立てさせた」

「うちは分家のほうね。どうして本家の秋津屋さんを立てないの」

「昔は立てていたのだろうが、いつの日からか互いの競りが激しくなり、自然に仲が悪くなっていったようだな」

「仲直りはしないの」

「せんよ」

　起左衛門がにべもなくいった。

「わしの代で仲直りなどしたら、先祖に申し訳ない」

「仲よくしたら、名が残るかもしれないのに。子孫の人たちが、きっと喜ぶわよ。起左衛門という人がずっと仲たがいをしていた二つの店を仲直りさせてくれたんだって」

「その役目は子孫の者に譲ろう。わしは遠慮する」

「遠慮なんか、おとっつぁんには似合わないのに」

「なにをいっておる。わしほど遠慮深い者はおらんだろうが」

「どこが遠慮深いの。もらい物のお団子やお饅頭《まんじゅう》、いつも一人でほとんど食べてしまうくせに」

「あれは好物だからだ」

「お酒だって、みんな自分で飲んでしまうでしょ。たまには私にも分けてよ」

「おまえは酒癖が悪いから駄目だ」

「またおまえっていった」

「いって悪いか。おまえはわしの娘だ」

「りつって名をつけたのは、おとっつぁんでしょ」

「そうだ。よい名だな、おりつ」

「だったら、そっちで呼んでよ」

不意に起左衛門がほくそ笑んだ。

「なにを笑っているの」

「なんだと思う」

「わかるわけないでしょ」

起左衛門が声をひそめた。

「よいか、おりつ、今からいうことは秘密にしておけよ。今度、お城の本丸御殿と天守の修築があるのだ。そのときこそ秋津屋をぎゃふんといわせてやる」

「えっ、どういうこと」

起左衛門が上機嫌におりつを見る。

「秋津屋のやつはまだこのことを知らんのだ。蚊帳《かや》の外に置かれておる。今から大量の漆喰を手に入れようとしても無駄でしかない。もうわしが各所に手を回してあるからだ。こたびの修築でこれまで風下だったうちがついに秋津屋の上を行くことになるのだ」

がはは、と起左衛門が腹を揺すって笑う。

たいへんだわ、とおりつは平静な顔を保ちつつ思った。一刻も早く健吉さんに知らせなければ。

「おい、おりつ」

起左衛門にいきなり呼ばれた。父親は怖い顔をしている。

内心を見透かされたかと、おりつはぎくりとした。

「よいか、二度と健吉には会うな。会ったら、おまえを勘当するぞ。わかったか」

「わかりました」

おりつは殊勝な顔で答えたが、心の中では舌をぺろりと出していた。

三

部屋で朝餉を終え、茶を喫していると、足音が近づいてきた。

「あの、お役人がお見えです」

襖越しに声をかけてきたのは、苗代屋の女中である。

「上迫どのか」

「さようです」

「通してくれ」

からりと襖があき、広兵衛が顔を見せた。

「邪魔するぞ」

「うむ」

中間も一緒に入ってきて、広兵衛の後ろに正座した。広兵衛のいかめしい顔がずいぶんとかたい。なにかあったのだろうか、と俊介はいぶかしんだ。

「俊介どの、頼みがある」

思い切ったように広兵衛が口をひらいた。

「はて、なにかな」

俊介は構えることなく自然にたずねた。

「俊介どのたちに、俺と一緒に和泉《いずみ》村に行ってもらいたいのだ」

「和泉村というと」

「おくまとおすみの故郷だ。二人が同じ故郷だというのが判明した。村は才蔵寺からほど近いところにある。ほど近いといっても、田舎のことゆえ、一里近くはあるのだが」

「かまわぬが、上迫どの、どうして俺たちを誘う」

「実をいえば、俺は、俊介どのはただ者ではないと思っている。一緒に来てもらえれば、なにかを得られるような気がしてならぬ」

一瞬、下を向いた広兵衛が続ける。

「今のところ探索にまるで進展がないのだ。なにかをきっかけに、突破口にしたい」

広兵衛は正直に心中を吐露したようだ。

「我らと一緒にその和泉村に行くことをきっかけにしたいのだな」

「その通りだ」

「よし、わかった」

俊介は快諾した。

「仁八郎、いわずもがなだろうが、供についてくれ」

「もちろんです」

俊介はおきみと伝兵衛に目を向けた。

「二人は済まぬが、ここで留守を守ってくれるか」

「ええっ」

おきみがうらめしそうな顔になる。

「足手まといなの」

「そうはいわぬが、残念ながら連れていくわけにはいかぬ」

「でも、なにか不安なの」

おきみがいい募る。

「俊介さんの身になにか起きるんじゃないかって思って」

「大丈夫だ。俺には仁八郎がついておる。なにも起こらぬ」

俊介はできるだけ明るい口調を心がけた。伝兵衛がおきみを慰める。

「おきみ坊、和泉村とかいう村に行っても、つまらぬぞ。わしと一緒にまた広島見物に出よう。そちらのほうがずっと楽しいぞ。そうに決まっておる」

おきみはうつむいていたが、やがて顔を上げた。にこりと笑う。

「わかったわ」

泣き笑いのような顔でいった。

「でも俊介さん、和泉村では手がかりを必ずつかんできてね」

俊介は胸を打たれた。仁八郎もおきみをじっと見ている。

「承知した」

俊介は両手で膝をつかみ、大きく顎を上下させた。

「必ずつかんでくる」

「任せたわよ」

うむ、と俊介はいった。

「俊介どの」

伝兵衛が呼びかけてきた。

「おきみ坊もいったが、くれぐれも用心してくだされや。実はそれがしも、なにか胸騒ぎがしてならぬのじゃ」

「そうなのか」

俊介の頭を黒いものがよぎってゆく。心の中で首を振って、その思いを払う。

「胸騒ぎは歳ゆえ、体の不調の合図かもしれませぬが、そうではないことも十分に考えられもうす。俊介どの、気をつけてくだされ」

「そうか、よくわかった。気をつけよう」

俊介は真剣な顔でうなずいた。こんなことをいうなど、伝兵衛自身、本当になにか感ずるところがあるのだろう。夢でも見たのかもしれない。こういうときは素直に忠告にしたがっておいたほうがよい。まださほど長くは生きていないとはいえ、俊介自身よくわかっている。広兵衛に目を向ける。

「上迫どの、ではまいろうか」

「まいりましょう」

俊介たちはいっせいに立ち上がった。

宿の暖簾を外に払う。おきみと伝兵衛が道に出てきて見送ってくれた。

「気をつけてね」

おきみの声に俊介は振り返った。

「わかっている。必ず帰ってくるゆえ、案ずるな。おきみ、城下でおいしいものを見つけておいてくれ。あとで一緒に食べに行こう」

「うん、わかったわ。びっくりするくらいおいしいものを見つけておくわ」

おきみが元気よく答える。もう吹っ切れたようで、明るい表情をしていた。

「頼んだぞ」

俊介たちは西国街道を東に歩きはじめた。

その直後、仁八郎がなにかを感じたような顔つきになった。

「どうした」

俊介はささやきかけた。前を行く広兵衛たちにあまり聞かれたくない。

仁八郎がわずかに首をひねる。

「目を感じました。どこからか何者かが見ていたようです」

「今も感ずるのか」

仁八郎がかぶりを振った。

「見ていた何者かはそれがしが気づいたことを覚《さと》ったようで、もう感じませぬ。だからといって、油断はできませぬ。俊介どの、ご用心くだされ」

「承知した。もしや例の鉄砲放ちか」

「十分に考えられます。いえ、鉄砲放ち以外に考えられませぬ」

しばらく気配を感じなかったが、ついにまた鉄砲放ちが狙う気になったということか。飛び道具は正直、怖い。よけようがない。

だが、俊介に死ぬ気はない。旅の途上でくたばるわけにはいかない。撃ってきても必ずよけてやる、と思った。ただし、仁八郎を盾にするような真似だけはするまい、と心に決めた。

　俊介はあたりに気を配りつつ歩いた。今のところ、どこからか見ているような目は感じない。さすがに宿場内で殺そうという気はないのかもしれない。

　あと半町ほどで愛宕町の宿場を抜けようというとき、こちらに向かって駆けてきた男がいた。着物の裾をはしょっている。

「上迫の旦那」

　広兵衛に声をかけてきた。

「おう、与之助《よのすけ》ではないか」

　与之助と呼ばれた男が立ち止まり、広兵衛に向かって辞儀する。

「あの、上迫の旦那にお知らせしておこうと思いやして。つまらないことなんで、お耳よごしでしょうけど」

「なんだ」

「お忙しいところ申し訳ありませんが」

「早く言え」

「はい、すみません。実はあっしの問屋場で働いている滝助《たきすけ》という馬方が行方知れずなんです」

「馬方が」

広兵衛が苦い顔をする。

「馬方が行方知れずか。どこか女を買いによその宿場に出ているのではないのか。それか、賭場だ。入り浸っているのであろう」

「博打《ばくち》はやらない男なんですけど」

「ならば、やっぱり女だろう。そのうち、ひょっこり顔を見せよう。もし明日も行方がわからずじまいなら、調べてやる。承知か」

「はい、わかりました」

気が差したか、広兵衛が口調を和らげる。

「すまぬな、与之助。冷たいようだが、今はそれどころではないのだ」

「はあ、さようですか」

「今かかっている一件が片づいたら必ず手を貸すゆえ、今しばらく待っておれ」

「はあ、承知いたしました」

俊介たちは西国街道から左に折れ、和泉村への道を取った。

「俊介どの、伝えておくことがある」

広兵衛が振り返っていった。

「実は、おくまとおすみには決まった男がいたのだ」

「ほう、そうか。その者が実は同じ男ということか」

「いや、そうではない」

広兵衛が苦笑する。

「俊介どのには珍しく、先走りするものよな」

「済まぬ、続けてくれ」

「決まった男というのは、二人とも別人だ。おくまは、とある商家の主人の妾となることが決まっていた。おすみは裕福な大工の嫁になることになっていた」

「では、おくまとおすみは飯盛女から脱することができそうだったのか」

「そういうことだ」

広兵衛が大きく顎を動かす。

「おくまとおすみの相手は、二人とも実に無念そうだった。泣いていたよ」

「二人の男は、おくまとおすみが飯盛女をしていることを承知していたのだな」

「もちろんだ。落籍など、江戸でもよくあることだろう。女房になってくれる女の前身が飯盛女や女郎であることをいちいち気にする者など、ほとんどおらぬはずだ。ちがうか」

旗本でも女郎を側室にする者は少なくないと聞く。

「上迫どののいう通りだ」

「二人の男は、それぞれがおくま、おすみのことをとても気に入っていた。一緒になることを心から喜んでいたし、家人たちも祝福していたそうだ」

「それなら女を殺す理由はどこにもないな」

「その通りだ。だから、俺はこの和泉村行きに期待が大きい」

広兵衛が前を見据える。

「いい忘れていたが、才蔵寺で人と待ち合わせをしている。郡奉行所の役人だ。在所のことを調べるのに、郡奉行所の力添えがないと少し厳しいからな」

「その役人とは懇意にしているのか」

「いや、懇意というほどではない。以前は親しい間柄だったが、今はもう仲よくもない。ただし、気は遣わずに済む」

「どうしてだ」

広兵衛がにやりとする。

「俺の弟だからだ」

俊介は意表を衝《つ》かれた。

「弟御が郡奉行所につとめているのか」

「俺より三つ下だが、二年前に郡奉行所の役人の家に婿《むこ》入りしたのだ」

「弟御は、俺たちが急に混ざって気を悪くせぬか」

「せぬよ」

広兵衛が明快に答える。

「俊介どのたちを連れていくことは、すでに伝えてある。俊介どのたちに会うのを、むしろ楽しみにしているくらいだ」

その言葉を聞いて、俊介は気が楽になった。

やがて才蔵寺が見えてきた。足早に近づいてゆくと、山門につながる階段の前に二人の男が立っているのが見えた。一人は侍で、もう一人は供の中間のようだ。

俊介たちが二人の前に着くと、挨拶もそこそこに広兵衛が紹介をはじめた。

「俊介どの、仁八郎どの、これが俺の弟だ。名は陶山左之介《とうやまさのすけ》。中間は一蔵《いちぞう》だ。陶山家の家付きの者で、このあたりの地理に実に詳しい。頼りになる」

「よろしくお願いいたす」

俊介はこうべを垂れた。

「いえ、こちらこそ、お見知りおきのほど、よろしくお願いいたします」

左之介と一蔵も挨拶した。

「よし、互いの名がわかったところで、和泉村に向かうとするか」

広兵衛が元気な声で告げた。

左之介が中間とともに先頭に立つ。和泉村まで、残りは半刻ばかりとのことだ。

四

足を止めた。

少し近づきすぎたきらいがある。

仁八郎に覚られたくない。なにしろ、愛宕町では見つめすぎて、あの男に気づかれたのだ。

善造は背中の荷物を地面に置いた。

才蔵寺で新たな二人を加えた俊介たちは、総勢六人となって、人けのない田舎道を進みはじめている。

善造は愛宕町から距離を置いてつけていたが、このままうしろについているだけでは埒《らち》があかない。俊介を狙えそうな場所を探さなければならない。

善造は立ち止まって足早に進んでいく俊介たちを見送り、懐から薄手の書物を取り出して目を落とした。

江戸で手に入れた安芸の地図である。あまり詳しいものではないが、俊介たちが歩いている道がどこへ通じているのかは記されている。

道沿いにさまざまな村の名が書いてある。俊介たちがどこへ向かっているかは、今のところわからない。

狙えそうな場所はあるだろうか。善造は目を凝らした。

ここはどうだろうか、と善造は思った。地図によれば、この先半里ほどの位置に大寺がある。名は勤塔寺《きんとうじ》と書かれている。この地図には大寺や名刹《めいさつ》しか記されていない。

もし勤塔寺が小高い場所に建っているのならば、そこから俊介を狙い撃てるかもしれない。勤塔寺は俊介たちが歩いている道沿いにあるわけではなく、少なくとも一町半ほど距離があるようだ。

横から撃てれば、俊介の盾をつとめている仁八郎は関係ない。それに、一町半という距離は、通常の鉄砲では玉は届くものの、人を殺せはしない。せいぜい傷つける程度だ。仁八郎も、まさかその距離で狙ってくるとは思わないのではないか。あの男の油断を誘えるかもしれない。

よし、行ってみよう。

善造は行李を担ぐや走り出した。

まずすぐに道を右に折れてあぜ道をひたすら駆け、さらに新たにあらわれた田舎道を左に曲がって北へと走った。

やがて勤塔寺が見えてきた。いいぞ、と足を動かしながら善造は思った。思った通り、寺は小高い場所にある。

善造は勤塔寺の山門下にやってきた。静寂があたりを包み込んでいる。聞こえるのは、風が梢《こずえ》を騒がす音だけだ。人けはまったくない。相当の大寺だけに、中には修行僧が大勢いるのではあるまいか。そういう者の目を逃れられ、しかも狙い撃つのに恰好《かっこう》の場所があるだろうか。

息がひどく切れている。俊介たちの行った道を走れば半里ほどで済むだろうが、大回りしたために、ここまでやってくるのに三十町以上は駆けたのではあるまいか。

少し息をととのえないと、まともに鉄砲を放つことなどできない。だが、その前に目の前の急な石段を登ってしまわなければならない。確実に二百段近くあろう。

山門がずいぶん遠くに見える。だが、あそこまで行かないと仕事を果たすことはできない。

自らに気合を入れて、善造は階段に足をのせた。一気に行くと、きっと途中でばててしまうだろう。あまり無理することなく、一段一段踏み締めるように上がっていった。

その甲斐《かい》あって、あまり疲労を覚えることなく、境内に足を踏み入れることができた。

閑散としていた。本堂、庫裏、鐘楼《しょうろう》、三重塔、納所、寮などがずらりと建っているが、人けはまったくない。

在所ではしばしばこういう大寺を目にするが、やはり領内を治める大名の庇護《ひご》を受けているのだろう。最初はちっぽけな寺だったとしても、名僧があらわれ出ると、一気に寺勢が盛んになり、大きくなることが少なくない。

寺の裏手で遊んでいるのか、子供の声が風に乗って聞こえてきた。

善造は歩を運び、鐘楼の横に来た。土塀越しに、俊介たちが今も歩いているはずの道が眺められる。距離は、地図を見たときに考えていたのとぴったり同じ、一町半ほどである。この程度の距離なら、いま所持している鉄砲を使えば、撃ち殺すのはたやすい。

——やれるぞ。

善造はわくわくした。興奮を隠しきれない。必ず俊介を殺れるという確信があった。

問題は一つ、俊介たちの目的地が途中の村かもしれないことだ。もしそうなら、俊介が一町半先の道にあらわれることはない。

いや、と善造は思った。やつは必ずあらわれる。今はまだ姿が見えないにすぎない。こうまで恰好の場所が見つかったのは、神さまが手配りしてくれたからだろう。俊介はここで死ぬ運命にあるのだ。

善造は塀から下を見下ろした。崖の高さは十丈ほどある。落ちたら命はないが、このくらいなら、恐しさは感じない。

善造は塀を乗り越えた。塀から半丈ほど降りたところに木が生え、藪が形づくられている場所がある。そこなら十分に身を隠すことができる。善造は慎重に降り、藪に入り込んで崖の出っ張りに腰を下ろした。

横に伸びている太い枝が丈夫かどうか確かめてから行李をのせ、鉄砲の支度をはじめた。

二条の細い煙が上がっている。ゆっくりと天に向かってゆくが、途中で薄れ、見えなくなる。

俊介たちは、まだ姿を見せない。

こんなとき、いらいらする者は鉄砲放ちには向かない。悠然と構えられる者だけが鉄砲の上手になれる。

その点、俺はやはり向いている、と善造は思った。まったく焦《じ》れることがない。待つことに慣れている。

一見、釣りに似ているように見えるが、実はまったくちがう。釣りの名人はあたりがないと、次々に仕掛けを変えて、ああでもない、こうでもないと工夫する。だが、鉄砲放ちはやることをやってしまったあとは、なにもしない。ただ標的があらわれるのをひたすら待つだけである。

おっ。

善造は目をみはった。道のだいぶ向こうに、人影がぽつんと見えたからだ。それが徐々に大きくなってくる。数えてみると、六人いた。

——来た。

善造は鉄砲を構え、先目当に先頭を歩いている男を入れた。中間だ。

二人目は、才蔵寺で加わった侍である。この男も関係ない。

三人目は仁八郎である。ということは、と善造は胸が躍った。次は俊介だろう。

やはりそうだ。距離はまだ三町以上あるから玉は届かないが、これだけくっきりと俊介の姿が見えるとは、善造自身、予期していなかった。

仁八郎よ、と善造は心で呼びかけた。俊介の前にいても意味はないぞ。ここからは、おまえたちが横並びに見えている。

仁八郎も姿がよいが、俊介はもっと姿勢がよく見える。あの姿勢のよさを見ていると、俊介が名君になる資質を十分備えているのがよくわかる。そう考えると、殺すのが惜しいような気になってくる。

だが、なんとしてでも俊介を仕留めなければならない。あの世に送らないと、後金をもらえない。百両もの大金なのだ。どぶに捨てるような真似ができるはずもない。

百両もあれば、一年以上、なにもせずに遊んで暮らせる。女も抱き放題だろう。もっとも、仕事を依頼してくるほうが一年も遊ばせてくれない。次から次へと殺しの注文がある。世の中は、諍いの種が尽きないのだ。それに加えて、腕のよい殺し屋は少ないのだろう。だから、一部の凄腕《すごうで》の者に仕事が集中するのである。

目の前を、くゆるように煙が上がってゆく。いくら仁八郎といえども、この細い煙を目にすることはできないだろう。風は善造の背後にゆったりと流れており、俊介たちににおいを嗅《か》がれる恐れは一切ない。

俊介たちが近づいてきた。もう距離は二町もない。善造は片膝をつき、鉄砲を構え直した。先目当の中に、再び俊介の姿が映り込む。仁八郎は狙われていることに気づいていない。

よし、やれるぞ。

善造は気持ちを落ち着け、息を詰めてゆく。

鉄砲をわずかに動かす。先目当の中の俊介が大きく見える。これは集中している証拠だ。俊介はちょうど正面に来た。距離はぴったり一町半だ。

善造は引金を落とそうとした。そのとき、驚いたことに仁八郎が俊介を守ろうとする動きを見せた。

なにっ。

狼狽《ろうばい》しかけたが、善造はかまわず鉄砲を放った。

面食らった。

俊介の口から、うおっ、と声が出た。いきなり仁八郎が躍りかかってきたからだ。俊介に覆いかぶさり、力任せに地面に押し倒そうとする。

仁八郎が意味もなくこんなことをするはずがないことに気づき、俊介は体から力を抜いた。どさりと地面に背中がつく。

「いったいどうしたのだ、仁八郎」

「鉄砲です」

仁八郎が答えた瞬間、遠くで轟音《ごうおん》が鳴り響いた。直後、熱の塊《かたまり》が頭をかすめて通り過ぎていった。

覆いかぶさっているといっても小柄な仁八郎では、俊介のすべてを覆い隠すことはできない。鉄砲放ちは守り切れていない箇所を狙って、撃ってきたようだ。

「立ってください」

俊介は素早くいわれた通りにした。

「走りましょう」

仁八郎は、俊介の横に立って駆けている。目指しているのは、十間ほど先の松の木の陰だろう。

「今のはどこからだ」

「あの寺でしょう」

駆けつつ仁八郎が指さす。俊介は顔を向けた。右手の小高い丘に、確かに大きな寺がある。だが、距離は優に一町半はある。

「あそこから撃ってくるとは、それがし、夢にも思いませんでした」

一時の驚きから立ち直り、上迫たちはうしろについてきているが、なにが起きたのか、まったく解していない顔をしている。


外したか。

やはり少しあわてて放ったのが、いけなかったのだ。

今度はあわてぬ。

善造は、素早くもう一挺の鉄砲を取り上げた。こんなときのために、二挺の鉄砲を用意していたのだ。

俊介は仁八郎の横を走っている。どうやら松の木に向かっているようだ。確かにあそこくらいしか、鉄砲から身を守れるところはない。俊介は必死に走っているのだろうが、こちらからはずいぶんとのろまに見える。

善造は慎重に狙いを定めた。俊介の姿が先目当の中に再び入り込んだ。

あと一間ばかりで、俊介は松の木陰に逃げ込むことができる。

だが、その一間は永遠に走りきれぬ。

善造は躊躇《ちゅうちょ》なく引金を引いた。轟音が鳴り響き、台尻が頬と肩に強い衝撃を与えるが、すぐに顎を引いて衝撃を和らげる。

手応え十分だった。俊介の体が吹っ飛んだ。やった。紛《まご》うことなく、玉は心の臓に当たったはずだ。

よし、引き上げだ。もっと余韻に浸っていたいが、長居は禁物である。

善造はさっさと腰を上げ、頭上を見上げた。崖を登り、姿を消さなければならない。


松の木陰まであと一間もなかった。飛び込もうとしたとき、俊介は胸を丸太で殴られたような衝撃を感じた。

体が浮き上がり、宙を飛んだ。それがはっきりとわかった。

直後、俊介は背中に強烈な痛みを覚えた。地面に叩きつけられたのだ。頭もがんと土に打ちつけた。

息ができない。

「俊介どの」

仁八郎の呼びかける声が遠くで聞こえた。いや、体を揺さぶっているのかもしれないが、なにも感じない。

「俊介どの、しっかりしてくだされ」

仁八郎の顔が見えた。泣いているように見える。俊介は、大丈夫だ、といおうとしたが、言葉にならない。

ゆっくりと仁八郎の顔は薄れてゆく。代わりに暗黒が視野を覆ってゆく。

俊介は、仁八郎に向かって手を伸ばそうとした。だが鉛でも置かれたかのように体が重く、手は動かなかった。

仁八郎の顔が完全に見えなくなった。俊介の意識はぷつりと途切れた。

五

衣擦《きぬず》れの音が聞こえた。

それが部屋の前で止まった。

「おときか」

幹之丞は声をかけた。

「あけてもよろしいですか」

「かまわぬ」

襖が静かに横に滑り、おときが顔を見せた。幹之丞に向かって一礼する。

「似鳥さま、お客人です」

「客人だと」

幹之丞は、来たか、と思った。

「色川か」

おときが目を見ひらいた。

「さようにございます」

「今どこだ」

「下にいらっしゃいます」

「行こう」

幹之丞はすっくと立ち上がった。部屋を出て、おときとともに階段を降りる。

戸口に、振り分け荷物を手にした侍が立っていた。ずんぐりとした体つきで、ふっくらとした頬に丸い鼻を持ち、下唇が分厚い。細い目は小ずるそうな光を帯びている。一見したところでは遣い手にはとても見えないが、家老の大岡勘解由が送り込んでくるくらいだから、相当のものなのだろう。変わった剣を遣うとのことだったが、幹之丞は確かめてみたい気持ちを隠せない。ここの庭で竹刀《しない》を手に立ち合ってもいいだろう。

幹之丞は色川の前に立った。

「色川堂兵衛どのだな」

堂兵衛は無言で幹之丞を見つめている。

「俺は似鳥幹之丞だ。おぬしの世話をすることになっている」

「おぬし、遣えるな」

堂兵衛がぼそりといった。

「そうか」

「大名の剣術指南役くらい楽につとまるのではないか」

この男は、俺が有馬家の剣術指南役に決まっていることを知っていっているのだろうか、と幹之丞はいぶかしんだ。いや、知っているはずがない。

「確かにつとまるかもしれんな」

「俺よりずっと強いのだろうな」

「さて、どうかな」

「立ち合ってみるか」

「今からか」

「それでもかまわぬ」

「色川氏、疲れてはおらぬか。長旅だったのだろう」

「まあな」

「どうやって来た」

堂兵衛が遠い目をした。

「松代から中山道を使い、大坂に出て、そこから船で広島までやってきた」

堂兵衛が幹之丞を見据えた。

「わしは疲れてなどおらぬゆえ、立ち合ってみぬか」

「よかろう。得物《えもの》は竹刀でよいか」

ふふ、と堂兵衛が笑いを漏らす。

「まさか真剣というわけにもいくまい」

幹之丞は首をかしげた。

「別に俺はかまわんぞ」

「なに」

堂兵衛が目を鋭く光らせる。

「本当によいのか」

「ああ」

「どちらかが死ぬぞ」

「かもしれぬ」

そばに立つおときがはらはらしている。

堂兵衛が、幹之丞の真意を探るように見つめる。

「似鳥氏、本気だな」

「むろん。剣にはいつも命を懸けておる。もしそれで命を失うようなことになっても、悔いはない」

「まことか」

幹之丞は小さく笑って、かぶりを振った。

「嘘だ。いくら命を懸けているとはいえ、ここで死んだら必ず悔いが残ろう」

幹之丞はおときに目を転じた。

「色川氏にすすぎの水を持ってきてくれ」

「あっ、気がつきませんで」

むしろほっとしたように、おときが外に出ていった。

たらいに水を一杯に入れて、戻ってきた。

「お待たせしました」

「かたじけない」

堂兵衛が上がり框に腰を下ろす。足を洗おうとするのを、おときが押しとどめる。

「私が洗って差し上げます」

「まことか。かたじけない」

堂兵衛が喜色を満面にあらわす。

しゃがみ込んだおときが、手のひらを使ってていねいに堂兵衛の足を洗いはじめた。堂兵衛は気持ちよさそうに目を閉じている。

「はい、終わりました」

手ぬぐいでふき終えたおときが、笑顔で堂兵衛を見上げる。

「もうか」

堂兵衛は、ずっと洗い続けてほしかったというような顔をしている。

「かたじけない」

口ごもるようにいって、上がり框に立った。

「おぬしの部屋はこっちだ」

幹之丞は先に立って階段をのぼった。

「今お茶をお持ちしますから」

おときがいい、幹之丞は背中で答えた。

「頼む」

二階に上がった幹之丞は、右手の部屋の襖をあけた。

「この部屋を使ってくれ」

堂兵衛が敷居際に立って見る。

「ほう、広いな。六畳間か」

「そうだ。それにきれいだろう。先ほどの女はおときというが、しっかりと掃除をしてくれておる。俺は隣の部屋を使っておるゆえ、なにかあれば、声をかけてくれ」

「承知した」

堂兵衛が振り分け荷物を畳に置いた。

「布団はこの押し入れにある」

「ほう、布団か。どんな布団だ」

目を輝かせて堂兵衛が押し入れに歩み寄る。

「よい布団ではないか。おっ、掛布団まであるぞ。使ってよいのか」

布団は敷布団だけで、搔巻《かいまき》を着て寝るのは庶民だけではない。身分の低い侍も当たり前のことになっている。

「もちろんだ。ここは富裕な商家ゆえ、掛布団も当たり前のことだ」

「ありがたい」

堂兵衛が弾んだ声を出した。

「旅籠にも掛布団はあったが、どこも湿ってひどいものだった。こんなにふっくらとはしていなかったし、起きたときには体がかゆうてならなかった」

「ここの布団はそのようなことはないゆえ、安心してくれ」

「眠るのが楽しみだ」

堂兵衛は細い目をさらに細めている。

「お待たせしました」

おときが盆を捧げ持つようにして、上がってきた。茶托にのせた湯飲みを畳に置く。

「どうぞ、お召し上がりください」

幹之丞はおときを見やった。おときがその目を見て、うなずいた。

「どうぞ、ごゆっくり」

辞儀しておときが出てゆく。

「もう行ってしまうのか」

堂兵衛が残念そうな声を発する。目は見えなくなるまでおときを追っていた。

「色川氏、ちと話をしたいのだが、よいか」

いわれて、堂兵衛が幹之丞に目を当てる。

「かまわぬが、どんな話かな」

「まずは座らぬか」

幹之丞と堂兵衛は畳にあぐらをかいた。

「おぬし、松代で二人の家中の侍を斬って逐電《ちくでん》したそうだな」

堂兵衛がにやりとする。

「わしの身の上を聞きたいのか」

「興味があるゆえ」

「そうか。なんでも聞くがいい」

「言葉に甘えさせてもらう」

幹之丞は茶を飲んだ。渋みと甘みが濃い。おときの故郷でとれた世羅茶であろう。

「聞きたいのは逐電してから先の話だ。相当の腕のおぬしが、行方をくらませたのにもかかわらず、捕まったのか」

そうだ、と堂兵衛が無念そうに唇を噛み締める。

「懐にけっこうまとまった金があったのでな、中山道のとある旅籠で酒を食らっていたところを家中の侍どもに踏み込まれたのだ。宿場役人からわしが泊まっていると知らせがいき、やつらは踏み込んできたのだ。酔ってなどいなかったら、全員叩っ斬ってやったものを」

堂兵衛がいまいましそうに口をひん曲げる。

「いま考えれば、旅籠の者らはずいぶんと愛想がよかった。あれはわしにしこたま酒を飲ませ、泥酔させるのが目的だったのだな」

「捕らえられたあとは」

「牢屋に入れられた」

「揚屋《あがりや》か」

「貧乏侍だといっても、一応武家なのでな」

幹之丞は堂兵衛をしげしげと見た。

「二人を斬り殺して捕まったのに、揚屋を出されたのか」

堂兵衛がうなずく。

「裁きを待つ身だったわしの前に、ある日、身分の高そうな侍があらわれた。頭巾《ずきん》をすっぽりとかぶっておった。牢格子の前に立ったその侍は、田端岩之丞を一刀のもとに殺したのはまことか、ときいてきた。まことのことよ、とわしは答えた」

「それで」

「殺してほしい者がいる。それをし遂げたら、百両やるといわれた」

「ほう、そいつは大金だ」

「まったくだ。そんな金があれば、一生遊んで暮らせるのではないか」

「一生は無理だな。遊んで暮らすのなら、三年が限度だ。節約して五年といったところか」

堂兵衛が渋い顔になる。

「なんだ、そんなものか」

「諸式の高い江戸ではなく、在所に引っ込んでおれば、またちがうのだろうが」

「どうせ暮らすのなら、江戸がよいな」

堂兵衛が続ける。

「亡き者にしてほしいのは、真田俊介だと頭巾の侍はいった。あれは国家老の大岡勘解由だな。よほど若殿を殺したいらしい。勘解由の孫が若殿の弟では、兄者を亡き者にしたい気持ちはわからぬでもない」

「それで、おぬしは仕事を受けたのだな」

「だからこそここにいる」

「頭巾の侍は、おぬしが逃げるとは思わなかったのだろうか」

「勘解由は、風を食らって逃げてもかまわぬ、といった。だが、百両の仕事だ。わしに逃げる気はなかった。百両だぞ。小判が百枚だ。それだけの金を払うと勘解由はいったのだ。俺は必ず俊介を殺すぞ」

堂兵衛は瞳をぎらりと光らせた。

これだけの執念があれば、と幹之丞は思った。もしかすると俊介を殺れるかもしれぬ。

あとは堂兵衛がどのような剣を遣うのか、それを確かめるだけだ。

第三章　追いかけ化粧料

一

潮風を思い切り吸った。

ここが大坂だからといって、潮の香りは江戸と変わりはない。

「良美さま」

背後から勝江《かつえ》が呼びかけてきた。

「ここで降りるのでございますか」

良美は首をかしげた。

「さあ、どうかしら」

えっ、と勝江が声を失う。喉を上下させてから、ようやく言葉を取り戻した。

「私どもは江戸で大坂行きの船に乗りました。ですので、ここで降りなければならないと思うのですよ」

良美は形のよい顎をこくりと動かした。

「勝江がそういうのなら、降りるべきなのでしょう。そういわれれば、ほかの人たちは、とっくに降りていきましたね」

胴の間は荷物以外、がらんとしている。勝江が気づいたようにうなずいた。

「良美さま、荷物をまとめてください」

「はい、わかりました」

荷物は小さめの行李一つだけである。それに手ぬぐいなどをぽんぽんと入れてゆく。最後に蓋《ふた》をした。

「できました」

「では、降りましょう」

良美と勝江は胴の間を出た。良美は垣立に手を触れ、下を見た。

「あら、もう小舟がついているわ」

良美たちが乗ってきた天佑丸《てんゆうまる》の乗客たちで、ほとんど一杯になっている。江戸から一緒に乗り込んだのは二十人ほどだったが、みんな親切だった。怖い思いなどまったくしなかった。女の一人旅の客もいるくらいで、やはり昔に比べ、旅というのはずいぶん気軽になったのだろう。

「早く乗ってくだせえ」

水夫《かこ》の一人にいわれた。

「ごめんなさいね」

良美は謝った。

「いえ、別にかまわないんですけど」

水夫は気圧《けお》されたようにおどおどといい、まぶしげに目を細めた。

良美は勝江に支えてもらい、小舟に乗り移った。

とん、と船頭が天佑丸の舷側《げんそく》を棹《さお》で押して、小舟がすいと動いた。

「あっ、進みはじめましたよ」

良美は弾んだ声を出した。

「進まないと困りますから」

勝江がそっけなくいう。良美は目を閉じ、涼しい風をうっとりと浴びた。

「ああ、川風が気持ちいいわ」

「良美さま、これは潮風ですけど」

良美はぺろっと舌を出した。

「そうだったわね」

一緒に乗っている客がいっせいに笑う。

「相変わらずおもしろいお姫さまだ」

町人の一人が笑顔でいった。良美が久留米《くるめ》有馬家二十一万石の本物の姫だと知ったら、舟の者たちはいったいどんな顔をするだろう。供を一人連れているだけだから、おそらく貧乏旗本の姫くらいに思っているのではあるまいか。着物もできるだけ、質素なものに替えている。白くて美しい顔にも、不自然にならない程度に墨をなすりつけてある。そのために美貌はだいぶ減じているのではあるまいかと本人は思っているが、先ほどの水夫の表情からして、とても隠しきれるものではないようだ。

舟が岸壁近くの桟橋に着いた。良美と勝江は渡された板を踏んで大地に足を下ろした。

「ふう、やっぱり陸のほうがいいですね」

勝江が額の汗を手ふきでぬぐっていう。

良美は着物の袖で顔を隠して、あたりをうかがった。

「良美さま、どうされました」

勝江が目をみはってきく。良美は顔を隠したまま、用心深く見回した。低い声でいう。

「江戸からつなぎを受けて、大坂屋敷の者が出張《でば》っているかもしれません。ここで見つかったら、ここまで来た苦労が水の泡です」

「でも姫、近くにそういう人は見当たりませんよ」

勝江があっさりといった。

「勝江、まちがいありませんか」

「まちがいありません」

「承知しました」

良美は袖から手を放した。

「ところで、勝江は船が嫌いですか」

「嫌いということはないですけど、江戸からここまで、嵐に遭《あ》うのではないかと気が気ではありませんでした」

「嵐になんて遭うはずがないわ」

良美はきっぱりといった。

「どうしてでございますか」

「私が乗っているからよ」

「良美さまが乗っていると、どうして嵐に遭わないのですか」

「私は運がよいからです」

「えっ、そうですか」

「あら、あなた、知らなかった」

「はい、存じませんでした」

「だって、ここまで病一つしたことがないのですよ。これが運がよくなくて、なんといいますか」

「そういえば、良美さまは風邪一つ召したことがございませんね」

「ええ、ありません。もっとも、それは勝江も同じでしょう」

「いえ、同じではありません。私はこれまで二、三度、風邪を引いたことがあります」

「あなた、けっこうひ弱なのね」

「ひ弱を直すために、私は武術に励んだのです」

「よい結果は出たの」

「はい、ここ十年以上、風邪は引いておりませぬ」

良美は笑顔になった。

「それはよかった」

二人で話しているうちに、まわりにほとんど人はいなくなっていた。

「それで、良美さま、この先はどうされるのですか」

良美は首をかしげた。

「お風呂に入りたいわね」

「湯屋に行きますか」

「汗を流したいわ」

「ですから、湯屋に行きますか」

「湯屋は、いろいろな人と一緒に入るのですね。ちがいますか」

「いえ、ちがいません。公儀は禁じていますけど、男女一緒のところも少なくないようですね」

「でしたら湯屋はあきらめます」

「はい、わかりました」

良美は手ぬぐいで汗をふいた。

「今頃、俊介さまはどのあたりにいらっしゃるのでしょう」

良美は東の空を見た。

「あの、良美さま、俊介さまはおそらく大坂よりも西にいらっしゃると思いますよ」

「だから、私は西の空を眺めているのよ」

「海がこっちにありますから、西は逆側です」

「あら、そうなの」

良美はあらためて西の空に目を向けた。

「俊介さまは、もう九州に入られたでしょうか」

勝江が首をひねる。

「さすがにまだそこまでは達していらっしゃらないと思いますよ。私の勘では、備前岡山あたりではないかと思います」

良美はしばし考えに沈んだ。

「岡山というのは広島の手前ですか、それとも先ですか」

「さて、どちらでしたか」

勝江が必死に思い出そうとする。

「あまり自信がないのですが、広島の手前だと思います」

「そう、手前なの。ここから広島まで、船で行ったらどのくらいの日数がかかりますか」

「よくわかりませんが、二日くらいで行くのではないでしょうか」

「そうでしょうね。波の穏やかな瀬戸内ですものね」

「良美さま、ここで広島行きの船に乗り換えますか」

「そういたしましょう。勝江、広島に行く船がいつ出るか、きいてきてください」

「はい、わかりました。良美さま、ここでじっとしていてくださいね。珍しいものがあるからって、勝手に出歩かないようにしてくださいね」

勝江が釘を刺す。

「ええ、わかっているわ。勝手な真似なんか、いたしませんよ」

「それならいいのですけど」

勝江が船会所と思える建物に歩いてゆく。途中、ちらりと振り返って、良美が動かずにいるか、しっかりと確かめた。

良美は手を振ってみせた。それから俊介に思いを馳せる。

俊介さまは本当に岡山あたりにいらっしゃるのだろうか。実はもう広島も通り過ぎて、長州あたりを歩かれているのではないのか。ここから長州の赤間関まで一気に行ったほうがよいだろうか。

あそこまで行けば、九州はもう目と鼻の先である。長崎街道の起点となる小倉で待っていれば、必ず俊介に会えるのではないか。

いや、もうすでに九州の土を踏んでいるということはないか。似鳥幹之丞のあとを追う急ぎの旅だから、そういうことがあっても不思議はない。

だが、自分は待つのは性分ではない。追いかけるほうがよい。

勝江が戻ってきた。顔が上気している。

「今夜出るそうです。今から頼んでも乗れるそうです」

「広島にはいつ着くの」

「風や潮の具合がよければ、あさっての夕刻すぎには着くそうです」

「それはまた速いわね。歩くのとは断然ちがうわ」

「ええ、とても速いと思います。ただ、それはあくまでも風と潮の具合がよければ、ですけど」

「その二つの条件が悪ければ、もっとかかることもあるのね」

「どうやらそちらのほうが多いようです」

「でも、歩くよりずっと楽ね」

「それはもう」

「勝江、お足は大丈夫なの」

「はい、それは万全です。これまで良美さまの化粧料はすべて、この私が貯め込んでいました。今回、そのすべてを持ってまいりましたから」

「こんなこともあるかもしれないって、使わずにいてよかったわ」

「はい、良美さまには先見の明がおありです」

良美はにこりとした。

「あなた、人をほめるのが上手ね。うれしいわ。もっとほめてね」

「はい、ほめるのはただですから」

不意に勝江が眉を曇らせた。

「どうしたの」

「みんな、どうしているかと思ったら、ちょっとこみ上げるものがありました」

「みんなって、侍女たちのことね」

「はい。大丈夫でしょうか。咎められたりしていないでしょうか」

「大丈夫よ」

良美は太鼓判を押すようにいった。

「迷惑がかからぬようにみんなをきつく縛り上げた上で、勝江を人質として連れてゆく旨を記した文を置いてきたのだから、咎められるようなことがあるはずがないわ」

「そうだったらよいのですけど」

「上屋敷がてんやわんやになったのは、まちがいないでしょうけどね」

「上を下への大騒ぎという言葉が、きっとぴったりだったでしょう」

勝江が笑顔になる。

「でも旅っていいですね。初めて見る景色ばかりで、うきうきします」

「私もよ。窮屈な上屋敷を出られて、解き放たれた気分よ」

早く俊介に会いたい。精悍《せいかん》で、優しそうな人柄に一目惚《ぼ》れしたのである。

しかし、と良美は思い出した。俊介さまは姉の福美《ふくみ》との縁談が進んでいるのだ。

良美は心中でかぶりを振った。今はそのことは考えないことにしよう。

とにかく俊介に追いつくこと。そのことだけに集中するのだ。あとは俊介に会ってから、いろいろと頭を悩ませればよい。

二

頭が痛い。

どうしてなのか、と俊介は考えた。

風邪を引いたのか。江戸からはるばる旅を続けてきた。さすがに体も疲れているだろう。若いといっても、風邪を引いたところで決しておかしくはない。だが、風邪ではないような気がする。どうしてか、怖かったような記憶がかすかにある。どうして怖かったのか、それはわからない。

はっとして俊介は目が覚めた。

黒々とした天井が目に入る。

ここはどこだ。

布団に寝かされていることに気づいた。あわてて俊介は起き上がろうとした。だが、胸にうずくような痛みがあり、まったく動けなかった。

「俊介どの」

視野に仁八郎の顔が入り込んだ。ほっとはしているようだが、どこか沈痛な顔をしている。

「仁八郎――」

「お目覚めですか」

「うおっ」

「お加減はいかがですか」

「どういうわけか、そこかしこが痛い」

俊介は息をついた。それだけのことでも、胸が痛んだ。

「仁八郎、俺はいったいどうしたのだ」

「お忘れですか」

仁八郎が小さくかぶりを振る。

「それも無理はござらぬ。衝撃が強かったでしょうから」

仁八郎の後ろに上迫広兵衛がいた。その横には、弟の陶山左之介の顔もあった。それぞれの中間は背後に控えていた。

広兵衛や左之介の顔を見て、なにがあったか、俊介は思い出した。

「俺は鉄砲に撃たれたのだったな」

「はい、ほんの一刻半ばかり前のことでございます」

一日くらいたったのかと思っていた。まだそんなものであることに、俊介は軽い驚きを覚えた。

「俺は生きているのか」

「もちろんです。これが」

仁八郎が二つの黒い物を見せた。割れた硯である。

「河合どののがくれた楠の硯か。それに鉄砲の玉が当たったのだな」

「はい、俊介どのが懐に忍ばせておいたのが、幸いでございました」

「旅のお守りとしてくれた河合どののおかげだな」

「あと、鉄砲の距離があったのもようございました。たいそう威力のある鉄砲でしたが、一町半ほどの距離があったのがよかったのでしょう。もし半町ばかりでしたら、まずまちがいなく……」

仁八郎が言葉を途切れさせた。硯では受け止めきれず、玉は体にめりこんでいたのだろう。

「そうか。俺は運がよかったのだな」

「まちがいなく俊介どのには軍神がついているものと思います」

「軍神か、大袈裟だな」

笑うと、また胸と頭が痛んだ。首の後ろにもわずかに痛みがある。

「しかし、いくらお守りだったとはいえ、河合どののからもらった硯を割ってしもうた。河合どのにはまこと、申し訳ないことをした」

「お気になされますな。河合どのも事情をお知りになれば、むしろ喜ばれましょう」

「そうかな」

「そうでございますとも」

仁八郎が力を込めて述べ立てる。

「お医者にも診《み》ていただきましたが、骨は折れてはいないそうでございます。頑健さをほめていらっしゃいました。それと、親に感謝することだともおっしゃいました。親がその頑丈な体をくれたのだからと」

「承知した。父上にお目にかかったら、必ずお礼の言葉を述べよう」

「それがようございましょう」

「だが、玉が体にめり込まなかった割に、どうしてそこら中がこんなに痛いのだ。それに、体がひどく重いぞ」

「鉄砲玉の与えた衝撃が、それだけ強いものだったということにございましょう。体が激しく揺さぶられ、俊介どのの体はまるで馬に蹴られたような状態なのではないかと勘考いたします」

「なるほど、そういうことか。馬に蹴られたも同然なら、どうあがいても起き上がれぬな」

俊介は慎重に顔を動かして部屋を見回した。

「ここは」

「俊介どのが撃たれた場所から、北へ五町ほど行ったところにある田熊《たくま》村の村名主の家でございます。こちらの陶山どのが懇意にされている家でございます。村人に力を貸してもらい、俊介どのを運び込みました」

「さようか。陶山どの、造作をかけたな。村人にも礼をいいたいな」

「当然のことをしたまででござる」

左之介が大きく首を振る。ほう、と大きく息をついた。

「俊介どののお命に別状がなく、それがし、安堵いたしました」

「申し訳ありませぬ」

仁八郎が俊介に向かっていきなり平伏した。

「どうした、仁八郎。なぜ謝る」

「それがしは、俊介どのを守りきれませんでした」

「気に病むな」

俊介は静かに告げた。

「相手が鉄砲では、なかなか守りきれるものではない。それに、俺はこうして生きている。そなたがいたからこそ、俺は命拾いができたのだ。仁八郎、かたじけない」

仁八郎が両手を畳について嗚咽《おえつ》する。俊介は痛むのを我慢して、腕を伸ばした。仁八郎の肩をさする。

「泣くな、仁八郎」

「はっ、はい」

仁八郎が手の甲で涙をぬぐった。

しばらくのあいだ、沈黙が部屋を覆った。

仁八郎、と俊介は呼びかけた。

「鉄砲を放った者は、俺が死んだと思っているだろうな」

「おそらく」

仁八郎が点頭する。

「だが、俺が本当に死んだかどうか、確かめようとはせぬだろうか」

「それがしが鉄砲放ちなら、必ず確かめます」

広兵衛も左之介も同意してみせる。

「それがし、俊介どのが目覚める前に、一応、このあたりの気配を探りました」

「それで」

「別段、怪しい気配は感じませんでした」

「今はまだ、殺ったという気持ちしかないのかもしれぬな。ときがたってから、おかしいと考えるようになるのやもしれぬ」

「あの、俊介どの」

控えめな口調で広兵衛がきく。

「俊介どのはどうして鉄砲で狙われたのでござろう」

俊介は広兵衛を見つめた。

「申し訳ないが、それについては後日ということにしてもらえぬだろうか」

「ああ、わかりもうした。別に無理にきこうという気はないのだ。俊介どの、気にせんでくれ」

「かたじけない」

疲れを覚え、俊介は目を閉じた。

「俊介どの、少し眠るか」

広兵衛が気遣ってたずねる。

「うむ、そうしたい」

俊介は目をあけて答えた。仁八郎がうなずく。

「では、それがしは隣の部屋におります。なにかあれば、お呼びください」

「わかった」

「それから、今日はここに泊まっていただくことになると思います。無理をなされぬほうがよろしいでしょうから」

「この家の者はよいといってくれているのか」

「もちろんです」

これは左之介がいった。

「わかった。ならば、泊めてもらおう。ああ、そうだ。伝兵衛とおきみには知らせたのか」

「はい、村人に広島へ走ってもらいました。じきやってくるでしょう」

「そうか」

「俊介どの、浮かぬ顔でございますね」

「心配しているだろうな、と思うてな」

「しかし俊介どの、やはりおきみちゃんを連れてこず、ようございました」

「うむ、それは確かに幸いだった」

もしおきみに玉が当たっていたらと思うと、ぞっとする。

仁八郎たちが引き下がり、部屋の中が寂しくなった。俊介は再び目を閉じた。

許せぬ。そんな思いが、むくむくとわき上がってきた。

なんとかせねばならぬ。今日は運がよかったが、運のよさはいつまでも続かぬだろう。このままでは、いつか本当にやられてしまうにちがいあるまい。俺はまだ死ぬわけにはいかぬ。やらねばならぬことがいくらでもある。真っ先にすべきことは、辰之助の仇を報じることだ。似鳥幹之丞をあの世に送り込まねば、辰之助は成仏できまい。

眠っていたようだ。

甲高い人の声がしたように思い、俊介は再び目を覚ました。隣の部屋に人の気配がする。俊介は顔を持ち上げた。もう頭の痛みは感じなかった。

「ここに寝ているの」

襖の向こうで、ひそめた声がした。このかわいらしい声に心当たりは一人しかいない。

「あけていいの」

つぶらな瞳で見上げ、仁八郎にきいているのだろう。

「まだ眠っておられるゆえ、少しだけだぞ」

「うん、わかった。私、ちょっと顔を見られればいいの。本当に生きているかどうか確かめたいだけだから。寝顔でも、息をしているかどうかわかるものね」

「おきみ、俺は生きておるぞ」

俊介は慎重に声を放った。先ほどよりは胸に痛みは感じない。

「えっ、ほんとう」

「おきみ、早く入れ」

からりと襖が横に動いた。おきみがおそるおそる顔をのぞかせる。潤んだ目で俊介を見つめた。うしろに伝兵衛がいて、おきみの両肩を押さえるようにしていた。

「二人ともなにをしている。早く入らぬか」

俊介は二人をうながした。

「では、お言葉に甘えて」

伝兵衛がおきみの手を引いて、敷居を越えた。俊介の前に二人が正座する。

「俊介さん、大丈夫」

おきみが真剣な顔できいてきた。

「見ての通りだ」

「よかったあ。もう心配でたまらなかったのよ。死んじゃったらどうしようって」

おきみが、布団に横たわる俊介に抱きつこうとしてとどまった。涙をぽろぽろとこぼす。畳に新たなしみが次々にできてゆく。

「あたしがあんなことをいったから、俊介さんがこんなことになっちゃったんじゃないかって思ったの」

「そんなことはない」

俊介は首を横に振った。

「おきみは、俺に用心するようにいっただけだ。おきみと伝兵衛が用心が肝心といってくれたからこそ、俺はこうして生きていられると思うている。もしおきみと伝兵衛が忠告してくれなかったら、俺はきっと油断していたはずだ。そして、あっけなく命を失っていただろう。こうしておきみたちと話をすることもなかった」

「よかった、本当によかったよ」

おきみがまた泣きはじめた。俊介はゆっくりと起き上がり、両手を広げた。

「大丈夫なの」

「ああ、平気だ」

「俊介さん」

おきみが静かに頭を預ける。

「あたたかい。俊介さん、本当に生きているんだね」

俊介は、小さな頭を優しくなでた。

「当たり前だ。鉄砲に撃たれたくらいでくたばってたまるか」

「でも、鉄砲に撃たれたら、死んじゃうよ。俊介さんて、本当に悪運が強いんだね」

「悪、というのは余計だな。運が強いんだ」

俊介の負担になることはわかっているのだろうが、おきみは抱きついたままなかなか離れようとしない。

おきみくらいなら、なんということもない。

今日はここでおとなしくし、少しでも元気を快復することだ。そうすれば、明日はふつうに歩けるようになるにちがいない。

三

いらいらしていた。

女中が夕食の膳を部屋に持ってきたが、おりつはほとんど手をつけなかった。食欲など、まったくない。

城の大修築のことを早く健吉に伝えなければならないのに、今のところ、そのすべがない。そのことで焦れてならないのだ。

おりつは、腰高障子をいまいましげに見た。すでに外は夕闇が濃くなっている。まだ完全には日暮れてはいないが、あと四半刻もしたら真っ暗になるだろう。

どうすればいい。考えてみるが、どうしようもない。今のおりつに他出の自由はないのだ。見張りがついているのである。

気持ちだけが焦る。

見張りの男は、ただの丁稚《でっち》に過ぎない。気づかれないように後ろから忍び寄り、棒きれで叩いて気絶させようか、などと乱暴なことまで考えたが、部屋のどこにも得物になるような物がない。おりつは途方に暮れる思いだった。

おや。おりつは耳を澄ませた。静寂のとばりを突き破って半鐘の音が聞こえてきたのである。

乱打されている。火事が近い証だ。

どのあたりだろう。おりつは耳をそばだてた。大きな火事にならなければいいけど。

おりつは部屋の窓をあけ、外を眺めた。だが、窓が小さすぎてなにも見えない。いくつかの星が瞬《またた》きはじめた暗い空は見えるものの、別に赤く染まっていない。反対側だろうか。だが、そちらには見張りがいる。火を出してしまった人には悪いが、この火事を利用できないだろうか。おりつは頭をめぐらせた。なんとかなるかもしれない、と思った。巾着から大事にしている虎の子の小判を取り出し、手のうちに握り込んだ。

おりつは腰高障子に近づいた。

「ねえ、喜市《きいち》」

喜市は濡縁に座っている。まだ外は真っ暗ではなく、残照が空にあるようだ。ちょうど暮れ六つといったところか。

「なんですか」

のんびりとした声が返ってきた。

「そこから火事が見える」

「いや、見えません」

「ねえ、ここ、あけていい」

「いけません、お嬢さん。旦那さまから決してあけないようにいわれてますから」

「火事を見るだけよ」

「ここからでは見えません。店の屋根が邪魔していますから」

「あけてくれたら、お小遣いをあげる」

一瞬、間があいた。

「賂《まいない》は受けつけません」

「でも、あなた、丁稚だから給金はろくにもらっていないんでしょ」

「それは仕方ありません。誰もが通った道ですから。これからがんばって手代になれば、給金はいくらでももらえますから」

「火事を見せてくれたら、一両、あげる」

今も激しく半鐘は打ち鳴らされている。

「い、一両……」

喜市が口ごもる。

「そ、そんな、お嬢さん、冗談はよしにしましょう」

「冗談じゃないわ」

「だって一両ですよ。火事を見せるだけでそんな大金、あり得ないですよ」

「あり得るのよ、喜市、こちらをご覧なさい」

おりつは手のうちの小判を、腰高障子の障子紙にぴたりと当てた。

「ねえ、喜市、小判が透けて見えるでしょ。紛うことのない本物の小判よ」

小判を認めた喜市が、ごくりと唾《つば》を飲んだのがわかった。

「ここをあけて、火事をお嬢さんに見せたら、本当にもらえるんですか」

「もちろんよ」

おりつはいい切った。

「小判じゃ使いづらいのなら、ちゃんと小銭に両替してあげてもいいわ」

「いいえ、小判でけっこうです。これまで一度も見たことがないので」

「じゃあ、早くここをあけて」

心張り棒が外される音がし、直後、するすると腰高障子があいた。新鮮な大気が部屋に入ってくる。大きく息を吸ったおりつは濡縁に足を置こうとした。

「あっ、出ちゃ駄目です」

喜市が押しとどめようとする。

「出なきゃ、小判をあげられないでしょ。はい、どうぞ」

おりつは小判を差し出した。

「あたしがお小遣いを一所懸命に貯めて、ようやく得た小判よ。大事にしてね」

「もちろんです。ありがとうございます」

喜市が笑みを浮かべて手を伸ばしてくる。喜市の指が触れそうになった瞬間、おりつは小判を庭に向かって高々と放り投げた。

「なっ、なにを」

喜市が首をねじ曲げて、小判の行き先を見届けようとする。その瞬間を逃さず、おりつは濡縁を蹴った。沓脱《くつぬぎ》の上の草履を履き、あとも見ずに裏口に突進する。

「あっ、待ってください」

喜市が呼び止める。そのとき、小判が地面に落ちた音が小さく響いた。

それに喜市が気を取られる。裏口にたどりついたおりつは戸をあけ、外に飛び出した。路地を走りはじめる。

西の空が夕焼けのように赤くなっているのが見えた。だが、もう日は沈み、空には残り火のようにわずかな明るさがあるだけだ。あれは火事の火である。西のほうで火事が起きているのだ。

秋津屋さんのほうだわ。健吉さんは、大丈夫かしら。火事のことも心配だけれど、一刻も早くお城の大修築のことを健吉さんに知らせなければ。

おりつは必死に走った。

もともと兄弟だった家だけに、秋津屋と春海屋はさほど離れてはいない。せいぜい五町ほどだ。だが、ふだん走ることなどないだけに、秋津屋に着いたときには、おりつは息も絶え絶えだった。それだけ一所懸命に走った証でもあるのだろう。

健吉の部屋は、春海屋と同様、家人が暮らす母屋にある。跡取りだけに日当たりのよい部屋が用意されている。

おりつはそちらに回ろうとして、足を止めた。店の前に奉公人がそろい、火事のほうを心配そうに眺めていたからだ。

おりつはその中に健吉がいるのを認めた。秋津屋のあるじで、健吉の父親の海《かい》兵衛《べえ》が隣にいた。むろん、海兵衛もおりつと健吉の仲を許していない。健吉は、今のところおりつとの仲は隠しおおせているようだ。

健吉に声をかけるわけにはいかず、おりつは黙って健吉の様子を見つめていた。

火事は幸いにも大火にはつながらず、鎮火した。鳴り続けていた半鐘も聞こえなくなった。そうすると、急に町が静かに感じられた。どこかで犬の遠吠えがしたが、それが妙に騒がしく感じられた。

よかった、よかった、と口々に安心し合う奉公人たちに混じって健吉も店に引き上げていった。おりつには気づかなかった。

おりつはそこまで見てから、一本の路地に身を入れた。

長い塀沿いに小走りに行く。塀は高く、だらだらと続いている。このあたりはさすがに大店だけのことはある。

半町ほど行ったところに裏口があり、そこでおりつは足を止めた。塀越しに母屋が見えているが、健吉は一番東側の部屋を与えられている。

おりつは小さな石を拾い、健吉の部屋に向かって放った。閉めきられた雨戸に当たり、こつん、という音が立った。

おりつは雨戸があくのを期待し、しばらく見つめていた。だが、あく気配は感じられない。まだ部屋に戻っていないのだろうか。それとも、聞こえなかったのだろうか。

おりつはもう一度、石を投げた。また音が立った。今度は雨戸が静かに横に滑ってゆき、一尺ほどの隙間ができた。そこから健吉が顔をのぞかせる。

「健吉さん」

おりつは小声で呼んだ。

「おりっちゃんかい」

健吉が沓脱の草履を履き、庭に降りた。裏口をあけ、外に出てきた。闇の中、目を凝らしておりつを見る。健吉が両手を広げた。おりつが飛び込むと、ぎゅっと抱き締めてきた。

「会いたかったよ」

熱い吐息がかかる。

「私もよ」

口を吸い合った。

それからほっとして、おりつはあたたかな胸に顔をうずめた。

「でもおりっちゃん、急にどうしたんだい。こんな刻限によく出てこられたね。あの厳しい春海屋さんが許すはずがないから、目をかいくぐって来たのかい」

「そうよ」

おりつは健吉に真剣な眼差しを注いだ。

「大事な話があるの」

「というと」

「健吉さん、よく聞いてね」

おりつは父親の起左衛門から聞いた、本丸御殿と天守の大修築のことを話した。

「なんだって」

健吉は驚きを隠せない。

「そいつは初耳だよ。おとっつぁんも知らないだろうね。知っていたら、この一件にかかりきりになっていなきゃおかしいもの」

「ね、健吉さん、秋津屋さんにこのことを話して。まだ間に合うかもしれない」

「いや、おりっちゃん、俺はおとっつぁんに話さないよ」

「えっ、どうして」

おりつにはこの言葉は意外でしかない。考えてもいなかった。健吉は喜んでくれるとばかり思っていたのだ。

「おりっちゃん、商売というのは競りだ。その競りに、うちのおとっつぁんは負けたんだ。浅野さまへの食い込み方が足りなかったということだよ。でも、それは仕方のないことだ。長いこと商売をしていれば、そういうことは必ずある」

健吉は真摯《しんし》に話している。おりつはじっと耳を傾けた。

「でも、商売はこれで終わりじゃない。これからもずっと続く。今回は負けたけれど、次の機会には、うちが必ずやり返すことになるだろう。今回の負けをきっかけに、ご家中へ深く食い込んで、はね返すくらいじゃなきゃ駄目なんだ。そうじゃないと、いつか店は潰れてしまうだろうね」

おりつは健吉の目を見た。

「本当にいいの」

「うん、いいさ」

ことり、と背後で音がした。さっとおりつと健吉は振り向いた。

「誰かいたの」

「わからない」

健吉が静かに裏口の扉をひらき、庭を見透かした。

「いや、誰もいないな。猫かなにかだろう。ここには野良猫がよく来るんだ」

「そう、それならいいんだけど」

健吉がまたぎゅっと抱き締めてきた。それから口を吸い合った。最初よりずっと激しいものだった。

「ずっとこうしていたい」

おりつは健吉の胸に顔を預けていった。

「俺もだよ」

健吉の腕に力がこもる。

「でも、おりっちゃん。帰ったほうがいい」

そういわれても、おりつは別れがたかった。だが、まさか健吉の部屋に泊まるわけにはいかない。

「うん、そうするわ」

「一人で帰れるかい」

「もちろんよ」

「送っていきたいけど、まだ帳簿の仕事が残っているんだ」

「ああ、そうだったの。忙しいのに、急に来ちゃってごめんなさいね」

「とんでもない。おりっちゃん、よく来てくれたよ。本当にうれしかった」

後ろ髪を引かれる思いで、おりつは健吉と別れ、道を歩き出した。振り向くと、すっかり深まった闇の中、健吉が裏口の前に立ち、見送っているのがうっすらと見えた。うれしげに手を振っている。おりつは振り返した。

路地を曲がると、健吉の姿が見えなくなった。おりつは、闇の中に一人取り残されたような寂しさを覚えた。

寂しさを紛らわせるために、出会った頃のことを思い出しながら歩いた。

三年前の夏祭りのことだ。おりつは気の合う女友達三人と出かけて、一人はぐれてしまったのである。まわりのにぎやかさが、逆に一人であることを思い知らせ、心細くて仕方なかった。そんなとき、やくざのような若い男たちに呼び止められて手を握られ、人けのない場所に連れ込まれそうになった。

そこを救ってくれたのが健吉だった。腕力ではとてもかなわないから、お役人、あそこです、あそこで娘さんがかどわかされそうになっています、と大声を上げたのだ。その声に驚き、男たちは逃げていったのである。おりつはへなへなとへたり込みそうだったが、それを健吉が支えてくれた。

あのとき健吉が機転を利かせてくれなかったら、果たして自分はどうなっていたか。考えただけでぞっとする。祭りは男女がそういうふうになってよい日ではあるのは確かだが、何人もの男に代わる代わる抱かれるなど、とんでもないことだ。

でも、はぐれたおかげで健吉と出会うことができた。あの夏の日のことは、決して忘れないだろう。

おりつは春海屋に戻ってきた。裏口に回り、中に入る。庭を進んで沓脱から部屋に上がろうとしたが、ぎくりとして足を止めざるを得なかった。

鬼の形相《ぎょうそう》をした起左衛門が、そこに立っていたからである。

四

目覚めは悪くなかった。

夢も見ずに、ぐっすりと眠ったのだろう。休息を体が必要としていたにちがいない。寝ることが体を快復させる一番の手立てであることを、俊介は御典医の一人から聞いたことがある。

俊介は体をゆっくりと起き上がらせた。痛みはどこにもない。胸のあたりに、わずかにうずくようなものがあるだけだ。昨日に比べたら、相当よくなっている。仁八郎のいう通り、無理をせずに、この家に一泊したのがよかったのだろう。腹が空《す》いていた。体が食べ物を求めはじめたのは、いい兆候である。急速に体が快復しはじめているのがわかる。厠にも行きたくなっている。

行けるだろうか。行けぬはずがない。

俊介は布団をはだけ、立ち上がろうとした。だが、体が重い。ぐっすり寝たからといって、まだ本調子ではないのだ。

「俊介どの」

隣の間から、仁八郎の声がかかった。俊介の気配に気づいたようだ。

「あけます」

襖《ふすま》を横に滑らせた。仁八郎が俊介を見て、驚いた。

「なにをされているのです」

「厠に行こうと思ってな」

「一人で立つのはまだ無理ではありませぬか。遠慮せず、それがしにおっしゃってくれればよいのです」

「いや、昨日とはあまりにちがうものでな。これならば行けるのではないかと思ったのだ」

「ご体調が、よくなっておられるということですね」

「ああ、確実にな。今日はどこにでも歩いていけるぞ」

「お気持ちはよくわかりますが、俊介どの、ご無理は決してなさらないでください」

「わかっている」

「では、厠にまいりましょうか」

仁八郎に支えられて、俊介は歩き出した。部屋を出て、ほんの五歩ばかり廊下を進んだところで仁八郎がにこりとした。

「大丈夫のようですね。手を放してもかまいませぬか」

「よいぞ」

仁八郎がそっと離れる。俊介はそろそろと歩いた。体は相変わらず重いが、歩くのになんら支障はない。体を動かすことで、この重さも泥がはがれ落ちるようにきっと消えてゆくのだろう。

「仁八郎、伝兵衛とおきみはどうした。昨日はここに泊まっていったのだな。もう旅籠に戻ったのか」

「いえ、そうではありませぬ。おきみちゃんは、四半刻ばかり前、俊介どののお顔を見に来ました。ぐっすり眠っておられるのを見て、伝兵衛どのと一緒に散策に出ました」

「この村を歩き回っているのか」

「そういうことだと思います」

「相変わらず元気だな」

「まったくでございます」

俊介は沓脱の上の草履を履き、庭の端にしつらえられている厠に向かった。今日はどんよりと曇っている。今にも雨が降りそうな感じはないが、風はわずかに湿り気を帯びている。梅雨が近いことを思わせる天気である。

何羽もの鶏の鳴き声が、母屋の向こう側から聞こえてくる。目をやると、こちらのほうにも出張ってきた数羽の鶏が、地面をくちばしでつついているのが見えた。

俊介は厠の前に立ち、扉をあけた。仁八郎が扉を閉めようとするのを制し、自分で閉じた。小便はたまっており、とても気持ちよかった。まさに放尿という感じだった。

「生き返ったぞ」

俊介は外に出ていった。小用を足したら、体がずいぶん軽くなっていた。

「もう大丈夫だ」

確信を抱いて俊介はいった。

「まことですか」

少し疑いをにじませた口調で仁八郎が問う。

「ああ、もうすっかりな」

「しかし、馬に蹴られたも同然なのですよ」

「それでも、もう平気だ」

背後から人の気配がした。振り返って見ると、おきみと伝兵衛が長屋門の下をくぐってきたところだった。

「あっ、俊介さん」

おきみが駆け寄ってくる。

伝兵衛がそのうしろを走っている。腰はまったくふらついておらず、しっかりとした足取りが頼もしくすら感じられた。

「もう歩けるの」

おきみは俊介に抱きつかんばかりの勢いで駆けてきて、じっと見上げた。

「この通りだ」

俊介はおきみに頭を下げた。

「心配をかけたな」

「ううん、なんでもないよ」

目尻に涙をたたえておきみがかぶりを振る。

「だって、俊介さんには万が一なんてないって信じていたもの」

「おきみがそういうふうに信じてくれたことが、大きな力になって、俺は無事に快復できたのだ」

俊介はおきみをひょいと抱き上げた。

「どうだ、もうこんなことまでできるぞ」

俊介はおきみにほおずりした。おきみが、きゃっ、といった。

「俊介さん、おひげが痛い」

「済まぬ」

ひげを当たっていないことを思い出した俊介は、おきみを地面に下ろした。

その後、朝餉が供された。

「あっ、卵がついてる」

おきみが歓声を上げる。この屋敷では、鶏がたくさん飼われている。産み立てだろう。

「うれしい」

仁八郎や伝兵衛、おきみには五分づきのご飯だったが、俊介には粥《かゆ》だった。口がひん曲がるほど酸っぱい梅干しがついていた。そのおかげで、粥はすべて平らげることができた。

食後には茶ではなく、白湯《さゆ》が出てきた。それを喫していると、失礼いたします、と襖が静かにあいた。

初老の男が敷居際で平伏していた。

「そなたは、あるじの丹右衛門《たんえもん》どのだな」

俊介は湯飲みを茶托に戻した。

「お初にお目にかかります。俊介さま、ご挨拶が遅れ、まことに申し訳ございません」

「丹右衛門どの、俺たちは旅の途上の者に過ぎぬ。そんなに大仰なことをいわずともよい」

丹右衛門が首を横に振る。

「どこのどなたか存じませぬが、俊介さまがやんごとなきお方であるのは明々白々でございます」

「やんごとないか。雲上人になった気分だ」

「朝餉はいかがにございました」

「実にうまかった。粥は、これまで食した中で、最もうまかった。塩加減が絶妙だ。この家には粥作りの名人がいると見える」

丹右衛門が人のよさそうな頬をゆるめる。

「俊介さまこそ、ずいぶん大仰な物言いをなされますな」

「そなたのいう通りだな」

俊介は快活に笑った。もうどこも痛くない。

丹右衛門が引き下がったあと、広兵衛と弟の左之介が俊介の部屋に顔を見せた。

「おう、だいぶ顔色がようござるな」

俊介の前に正座した広兵衛が、喜びの声を発した。

「兄者のいう通りだ。昨日、鉄砲に撃たれたとはとても信じられぬ。俊介どのには、まこと、なにかが憑《つ》いているとしか思えぬ」

実際、そうではないか、と俊介も考えている。でなければ、鉄砲玉が醬油皿程度の硯に当たるものなのか。

俊介は広兵衛と左之介に目を向けた。

「広島の町は、どうであった。変わりはなかったか」

「まずまず平穏にござった」

「それは重畳《ちょうじょう》」

広兵衛が真剣な目をする。

「それで俊介どの、和泉村のことは忘れてもらってけっこうだ。俺たちだけで行ってくるゆえ」

俊介は微笑し、宣言した。

「和泉村には俺も行く」

「えっ」

広兵衛がのけぞって驚く。

「いくらなんでも無理だ」

「そうだ。俊介どのは鉄砲に撃たれたのだぞ」

「それに、鉄砲放ちがまた狙ってくるかもしれぬ」

「それはなかろう。鉄砲放ちは、俺が生きていることはまだ知らぬはずだ」

「だが、きっと確かめに来ると俊介どのは昨日いったではないか」

「確かにいったが、今日はなかろう」

「どうしてそういえる」

「勘だ」

俊介はいい放った。

「俺の勘はよく当たる。大丈夫だ」

「体はどうなのだ。道行きに耐えられるのか」

「もうすっかりよくなった。道行きといっても、和泉村はもう近いのだろう」

「ああ、すぐそこだ」

「ならば、よいではないか。上迫どの、陶山どの、まいろう」

俊介は押し切るようにいって、さっと立ち上がった。

「あっ」

広兵衛が危ぶみの声を発したが、俊介はまったくふらつかなかった。

「あたしたちはどうすればいいの」

おきみがきいてきた。

「済まぬが、旅籠に戻ってくれるか。宿の者も、宿代を踏み倒されぬか、と案じているはずだからな」

「そうか、宿の人たちも俊介さんのことを心配していたから、無事であるのを教えてあげなきゃいけないね」

「そうしてくれるか」

「うん、わかったわ」

俊介たちは和泉村に向けて出立した。おきみと伝兵衛は苗代屋に戻ってゆく。伝兵衛は口にこそ出さなかったが、自身も俊介の警護につきたそうな表情をしていた。だが、おきみを一人にするわけにいかない。後ろ髪を引かれる思いで広島に戻っていったのは明らかだった。

今度はやられぬ、と俊介は、たくましさを取り戻した背中に語りかけた。爺《じい》、案じずともよい。本当に俺はやられぬ。

五

手応えがよすぎた。

どうも、そのきらいがある。

善造は納得がいかない。

ものの見事に玉が当たり、俊介は吹っ飛んだ。まちがいなく死んでいる。だが、どうも気に入らない。

そのために、善造はまだ広島を離れていない。仕事が終わった以上、とうに江戸に向かって歩を進めていなければならないのだが、どうにもその気にならなかった。

目の前のしみだらけの壁をにらみつけて、善造は思った。もしや俊介は生きているのではないか。

その思いが頭の中をぐるぐると回っている。消そうとしても、ぬぐい去ることができない。

その思いはときがたつにつれ、ほおずきのようにふくらんでゆく。善造はいらいらが募ってきていた。

——こうしてはいられん。

善造は立ち上がった。部屋を出て廊下を歩き、階段を降りた。土間で草履を履く。

「お出かけでございますか」

背後から声をかけてきたのは、ここ鈴野《すずの》屋の番頭である。

「うむ、ちとな」

「いつお戻りになりますか」

「わからん。すぐ戻るかもしれんし、夕刻になるかもしれん。とにかく夕餉はもらう。用意しておいてくれ」

夕餉のことがわかればよいのだ、という感じで番頭が頭を下げる。

「承知いたしました」

善造は、俊介たちが泊まっていた旅籠の苗代屋に足を運んだ。

大ぶりな暖簾の前に立ち、さてどうするか、と考えたとき、聞き覚えのある女の子の声が耳を打った。ちらりと見やると、伝兵衛とおきみが西国街道をまっすぐこちらに向かってきたところだった。

善造はさりげなく苗代屋の前を離れたが、眉根を寄せ、むずかしい顔になった。伝兵衛とおきみがずいぶん明るい顔をしていたからだ。声も弾んでいる。

「でも伝兵衛さん、本当によかったね」

「まったくだ。もともと不死身じゃとはいっても、やはり心配だったの」

「私、卒倒しちゃうかと思った」

「卒倒せんで、よかったの」

伝兵衛が暖簾を払う。

「お帰りなさいませ」

奉公人の声が聞こえた。

「俊介さまのお加減は、いかがでございましたか」

心配そうにきいている。それに対して、伝兵衛の声は朗らかだ。

「なに、なにごともなかった。ぴんぴんしてるわ。怪我《けが》をしたという知らせがきたときは、仰天したがの」

それを聞いて善造は腰が浮き上がるほど驚いた。ぎりぎりと唇を噛み締めた。

いや、なにを驚いているのだ。やつが生きておるかもしれないことは、すでにわかっていたではないか。

だが、どうしてやつは生きているのか。善造にはさっぱりわけがわからない。

強い玉薬を用いて撃った玉が俊介の胸に当たったのだ。それなのに、どうして無事なのか。

いや、あのとき俺には違和感があった。それは、俊介の体から血が噴き上がらなかったことだ。そうだ、やつは血を流していない。

「それはようございました」

宿の者が安堵している。

これ以上、ここにいても仕方ない。善造はその場を離れ、西国街道を西へ向かった。別にどこに行くという当てもなかったが、心に受けた衝撃を和らげるためには、ひたすら歩くのがよさそうに思えたのだ。

やつを殺らねばならない。しかし、いったいどこまで悪運が強いのか。確かに玉は当たったのだ、と善造は再び思った。それがどうして生きているのか。やつは伝兵衛のいう通り、不死身なのか。

不死身の男を殺る手立てはあるのか。

いや、不死身などあるはずがない。俊介が生きていることには、なにか理由があるのだ。あの男、鎧《よろい》でも着込んでいたのかもしれないではないか。そうすれば、鉄砲玉を受けて体は吹っ飛ぶだろうが、命に別状はあるまい。

手立てはちがうかもしれないが、おそらくこんな理由でやつは九死に一生を得たのだ。

頭を狙わず、体を撃ったのがしくじりだった。今度は必ず頭を狙い撃たなければならない。そうしなければ、やつの息の根を止めることはできない。

善造はくるりときびすを返し、鈴野屋に戻った。

「お早いお帰りでございますね」

「気が変わった。ここは出る」

善造は二階に上がり、荷物をまとめた。

「世話になったな」

あっけにとられた様子の番頭を尻目に、鈴野屋をさっさとあとにした。西国街道を進んで、苗代屋の近くに来た。苗代屋のはす向かいになかなかよさそうな旅籠がある。新宅屋《しんたく》と看板が出ている。

「今宵、泊まれるか」

歩み寄った善造は、水を撒いている宿の女中にたずねた。

「はい、もちろんです」

若い女中がはきはきと答える。袖から出た白い腕が目にまぶしい。

そういえば、ずいぶんと女も抱いていない。験《げん》を担ぐというのではないが、仕事の最中は一切女の肌には触れないことにしている。さすがに女が恋しくてならない。だが、今は女のことを考えているときではなかった。

「もう部屋に入らせてもらってもよいか」

刻限は、四つ半という頃合いか。じき正午だろう。

「はい、大丈夫です」

「金は弾むから、相部屋は避けてくれ」

「承知いたしました」

善造は前金で六百文を支払い、二階の奥の部屋を取った。さっそく落ち着き、荷物を置いた。

部屋の真ん中に座り込んで、腕を組んだ。

江戸に帰らずによかった、と思った。なにも知らずに帰り、雇い主に俊介の死を告げたあと、生きていることがわかったら、赤っ恥をかくところだった。面目丸潰れである。恥辱を雪《そそ》ぐために、また俊介を殺しに西へ向かわなければならなくなる。そんな無駄な苦労はしたくない。

ふう、と善造は鼻から太い息をついた。

俊介を殺す手立てを考えなければならない。実際、俊介がはす向かいの苗代屋に戻るかどうかはわからない。火をつけ、外に出すというのはいい考えかもしれない。

善造は、行李にしまい込んだ鉄砲の部品を取り出した。かすかに火薬のにおいが漂う。

手ぬぐいで、それらを一心にふきはじめた。

善造は決意を固めていた。

今度はしくじらん。

六

丹右衛門の屋敷を出て、ほんの半町ほど進んだとき、前途をさえぎる者があらわれた。

前を行く左之介と中間がぎくりとして、後ずさりかけた。その後ろの仁八郎が一瞬腰を落としかけたが、すぐさま体から力を抜いた。

俊介は、そこに立つ男を見つめた。

「弥八《やはち》ではないか」

俊介は左之介と広兵衛に、知り合いの者ゆえ心配はいらぬ、といった。

「弥八という。腕利きだ」

「あらわれ方が、忍びのようでござった」

左之介が驚きを隠さずにいう。

「俺も詳しくは知らぬが、この男、忍びの末裔《まつえい》らしい」

「えっ、まことでござるか」

広兵衛がまじまじと弥八を見る。

「さて、どうかな」

弥八がにやりと笑う。

「俊介さん、災難だったようだな」

「なにがあったか、知っているのか」

「だいたいは」

「俺が撃たれたとき、なにをしていた」

「広島城下にいた。ちょっと用事があって、遠回りしていた」

「用事とは」

弥八がかぶりを振る。

「言えん」

「そうか」

この男にもいろいろあるのだろう。どうやら一緒に九州に向かうつもりらしいが、常に俊介たちと関わってはいられないのである。

「俊介さん、俺も警護についてよいか」

「弥八も俺を守ってくれるというのか」

「かまわんか」

「むろんだ」

仁八郎は悲壮な感じで俊介を守っている。二度と玉を俊介に当たらせるわけにはいかないという思いが、全身にあらわれている。

「仁八郎さんと一緒にいても能がない。俺は、俊介さんを狙う者がいないか、先行して探るつもりだ。よいか」

「うむ、是非とも頼みたい」

これで仁八郎の負担も、だいぶ軽いものになるだろう。

「俺が配置につくまで、少し待ってくれるか。ゆっくり二十ばかり数えたら、出発してくれ」

「承知した」

弥八が姿を消した。

その後、四半刻の半分ほどで、俊介たちは和泉村に着いた。

寒村である。田はほとんどなく、畑が多い。山に囲まれており、日当たりがあまりよくない。これでは実りはあまり期待できないのではないか。広島に飯盛女として奉公に出ざるを得ないのがよくわかる。こういう貧しい村は、女衒《ぜげん》たちの恰好の標的になるのだろう。その上に、金のにおいを嗅いだやくざ者が絡んでくるのである。

左之介の案内で、まず村名主の尽兵衛《じんべえ》に会った。貧しい村とはいえ、さすがに村名主の屋敷だけのことはあって、宏壮である。天井は高く、太い梁《はり》が渡されている。

尽兵衛は村名主としてはまだ若く、四十にもなっていない感じだ。

左之介がさっそく水を向けた。

「おくまとおすみが殺されたのは、もちろん知っているな」

「はい、こちらで葬儀を執り行いました」

「そうであったな。立て続けに葬儀が行われたことで、二人がこの村の出であることがわかったのだからな」

左之介がうなずいてみせる。

「おくまとおすみだが、村で仲がよかったのは誰だ。話を聞きたいのだ」

尽兵衛が思い出そうとする。

「滝助でしょうね。幼い頃から仲がよく、長じてからも親しくしていたようです」

滝助だと、と俊介は思った。その名に聞き覚えがある。

あれは確か――。

宿場である愛宕町で広兵衛に声をかけてきた問屋場の者が、昨日、馬方として働いていたが、行方知れずになったといっていた。

広兵衛がはっとして顔を上げた。俊介を見つめる。わかっているというように、俊介はうなずいた。

「俊介どの、すぐさま愛宕町にまいろう。滝助がおくまとおすみの二人を殺し、行方をくらましたのではないだろうか」

「十分に考えられる」

俊介は逆らわなかった。

「だが、上迫どの、愛宕町に赴くのはもう少しあとにしよう」

「どうしてでござるか」

「上迫どののいう通り、滝助が二人を殺したのかもしれぬが、俺はもう少しだけこの村で調べを進めたい。どうしておすみだけが才蔵寺に連れ出されたのか、それも知りたい」

「なるほど」

広兵衛が考え込む。

「どのみち滝助は今も行方知れずだろう。ここであわてて帰っても、はじまらぬか」

独り言をつぶやいていたが、どうやら広兵衛は納得したようだ。尽兵衛に問う。

「滝助は村に帰ってきておらぬか」

「いえ、おりません。家は空き家のままです。滝助に家人はおりません」

「滝助以外に、おくまやおすみと親しかった者はおらぬか」

「そうですね」

尽兵衛がまた沈思する。

「確か、おさねという村の女房が、二人と親しくしていたような気がいたします」

おさねの住みかを聞いて、俊介たちは尽兵衛の屋敷をあとにした。

おさねの家はすぐにわかった。小高い山を背負うようにこぢんまりとした家が建っていた。赤子をおぶった女が、井戸で水を汲《く》んでいる。

「おさねか」

広兵衛が声をかける。おさねらしい女がびくりとし、いぶかしげに俊介たちを見る。瞳にはおびえの色があった。一目で役人とわかる者にいきなり家にやってこられたら、誰でも怖さを覚えるにちがいない。

「おくまとおすみについて、話を聞きたくてやってきた」

微笑を浮かべた広兵衛が、おびえを取り去るような優しい口調でいった。

「はい、どんなことでしょう」

二人の名を聞いて気持ちを入れ直したように、おさねが居住まいをただす。

「殺されたことは知っているな」

「はい。下手人をつかまえるためなら、どんなことでもします」

「そいつは頼もしい。犯人の捕縛は俺たちにまかせてくれればよい。おぬしは、聞かれたことについて答えてくれればよいからな」

「承知いたしました」

広兵衛がこほんと咳払いした。

「おくまとおすみだが、左手の小指を切られていた。これについて、おさね、なにか心当たりはないか」

「指を切られていた……」

おさねがごくりと唾を飲む。

「それは約束を破ったからでしょうか」

「俺たちも、指切りげんまんではないかとは考えているが、まだなにもわからぬ」

しばらくおさねは無言だった。

「約束といえば——」

唐突に口をひらいた。

「まだ私たちが五つか六つだった頃のことですから、もう十五年くらい前のことです。浜吉《はまきち》ちゃんというまだ三つくらいの男の子が人身御供《ひとみごくう》になったことがあるのです」

「人身御供だと。どういうことだ」

「私は人身御供について両親に詳しいことは知らされなかったのですけど、そのあと、どうやら村で浜吉ちゃんが犠牲になったというのは、肌でわかりました」

「どうしてその浜吉という子が人身御供になったのか、わけは知っているか」

「いいえ、今も知りません。両親はなにも話さないままに亡くなりましたし、村の人たちの口もたいそう重かったので」

そうか、と広兵衛がいった。

「それで、その人身御供は、約束のこととつながるのか」

「はい」

おさねがこくりとする。

「私たちのせいだ、とおくまちゃんが震えて口にしたのを、私は今もはっきりと覚えています。おすみちゃんも蒼白になっていました。滝助ちゃんも同じです。三人は、私たちが約束を破ったからだといっていました」

「誰と約束を交わしたのだ」

おさねが首を振る。

「知りません」

「もう一度きくが、どうして浜吉という三歳の男の子が人身御供にされたのか、その理由は知らぬのだな」

「はい、存じません」

「誰か知っていそうな者はいるか」

おさねが首をかしげる。

「こういう話に関して聞かれるのは、やはり村名主がよいのではないかと存じます」

俊介たちは尽兵衛の屋敷に取って返した。

人身御供と聞いて、尽兵衛は暗い顔つきになった。

「そういうこともありましたね」

　ぽつりといった。

「詳しいことを知っているのか」

　広兵衛がただす。

「知っています。その頃、村は手前の父親が村名主をつとめていましたが、手前もいろいろと手伝いをしていましたから」

「話してくれるか」

　広兵衛が顔を寄せて頼み込む。

「わかりました」

　尽兵衛は唇を湿した。それから苦しげな顔で語りはじめた。

「もう十五年も前のこと、とある子供の言から浜吉の頭に二本の角があることが知れたのです」

「角といったか」

「はい、角です。ときおりそういう子が生まれることは噂で知っていましたが、まさかうちの村で生まれるとは思ってもいませんでした」

「それはつまり鬼のような子ということだな」

俊介は初めて声を発した。

「さようにございます」

「鬼のような子は必ず人身御供にされるのか」

「いえ、そのようなことはございません。ただその頃、天災が続けざまに起きまして、貧しい村はもっと貧しくなっていました。村の者たちは疲れ切っていました。腹も空かしていました。このままでは飢え死にを待つような状況だったのです。村人たちは、そんなつらい状況を打ち破るとっかかりがなんとしてもほしかったのです」

「それで、浜吉が人身御供にされたのか」

広兵衛が尽兵衛にきく。

「はい、浜吉のせいで不作が続いたのだと誰もが本気で思っていました」

「その後、どうなった」

「はい、天候は元通りになり、翌年はそれまで通りの収穫を得ることができました。村人たちには安堵の波が広がりました」

となると、と俊介は思った。これは、浜吉の縁者の復讐なのか。おすみ、おくま、滝助の三人は、浜吉に角があることをひょんなことで知り、母親か父親に口止めされたのではないか。おそらく母親だろう。浜吉が鬼っ子であることを知ったおくまやおすみたちに、母親は誰にもいわないように頼んだのではないか。そのとき指切りげんまんをした。だが、三人のうちの誰かが、家人か誰かに話してしまい、浜吉が鬼っ子であることが知れた。そして事態は、浜吉の母親が恐れる方向に進んでいった。

こういうことか。

「浜吉の母親はどうしている」

俊介は問いを発した。尽兵衛がうつむく。

「浜吉が人身御供になった直後、首をつりました」

「なんと」

俊介はさすがに暗澹《あんたん》とした。かわいそうに。生き甲斐を奪われ、絶望したのであろう。

「父親は」

気持ちを励まして、俊介は問いを続けた。

「浜吉が母親の腹にいる最中、事故で死にました。村の大工だったのですが、普請中の家から落ちてしまったのです」

「ならば、浜吉の兄弟姉妹は」

「いません。浜吉はあの夫婦にようやくできた一粒種でした」

「血縁の者は」

「それもいません。以前はやった病で、浜吉の一家の血縁者は全滅してしまったのです」

これはどういうことなのか。おくまたちに復讐をしたいはずの母親は自死している。父親はとうに死んでいる。

ならば、誰がおくまとおすみを殺したのか。やはり滝助なのだろうか。

考えてみれば、と俊介は思った。浜吉が人身御供にされたために復讐が行われたとするならば、犯人の牙《きば》はおくまやおすみに向けられず、村人たち、特に村名主に対して向かなければならないような気がするが、どうだろうか。それに、十五年まえのことを今になって復讐するものなのか。おくまやおすみの居場所が知れないのならともかく、二人が愛宕町にいることはわかっていたはずである。

なにかおかしい。

「どうした、俊介どの」

広兵衛がきいてきた。

「なんでもない」

俊介は首を振って答えた。

「俊介どの、ほかに聞きたいことはあるか」

「いや、俺にはない。上迫どのは」

「俺にもない。ならば愛宕町に行こうと思うが、どうかな」

俊介に異存があるはずがなかった。

村名主の屋敷を出た俊介たちは愛宕町に向かった。途中、左之介は俊介たちに別れを告げ、郡奉行所に戻っていった。

愛宕町に着いたときには、日は中天をやや過ぎていた。

「これから滝助の行方を調べるが、俊介どのたちはどうする」

広兵衛にきかれた。

「俺たちも問屋場についていってよいか」

「もちろんかまわぬ」

俊介たちは広兵衛の後ろを歩いた。

問屋場に着くと、広兵衛は、差配役の与之助を呼び出した。半丈ばかりの高さのある畳の間にいた与之助が、一礼して下に降りてきた。馬や大勢の人足が近くに集まっている。駕籠《かご》もたくさんいた。

「滝助のことで話を聞きたい」

「ああ、さようでございますか」

この前はまったく関心を示さなかったのに、どういう風の吹き回しだろうという顔をしている。

「まだ行方知れずのままか」

「はい、さようです」

「滝助と親しい者は」

「あまりいません。居場所についての心当たりは、あっしが聞きましたが、問屋場の者は誰も知りませんでした」

「そうか」

「滝助は顔が蛸《たこ》に似ていて、仲間からたこ助と呼ばれていたんです。なんとなく憎めない男で、あっしは好きだったんですよ。今頃どうしているのやら」

「滝助がいなくなったのは、いつだ」

「へい、いないことに気づいたのは、昨日の朝でございやす」

殺されたおくまを俊介が見つけた日だ。俊介には、おすみとおくまが殺害され、次は自分ではないかと滝助が覚ったのではないかと思えた。それとも、やはり滝助が二人を殺し、行方をくらましたのか。

「俊介どの、具合はいかがですか」

仁八郎が体調を案じてきいてきた。

「大丈夫だ。なにも問題はないぞ」

だが、これ以上問屋場にいても、滝助について新たな話を聞けそうになかった。

「仁八郎、宿に戻るか。伝兵衛やおきみも、俺のことを案じているかもしれぬ」

俊介は広兵衛に別れを告げた。

「本調子でないのにもかかわらず、一緒に和泉村に足を運んでもらい、本当に感謝している。俊介どののたちのおかげで、新たな話を聞くこともできた。それがしだけでは、人身御供の話は耳にできなかったはずだ」

「そんなことはあるまい」

俊介は笑って否定した。

「上迫どのは、能のある人ゆえ。だが、またそれがしが必要だと思うたら、遠慮なく訪ねてくれればよい」

「かたじけない」

広兵衛が深く頭を下げた。

「では、これでな」

俊介は仁八郎をうながし、歩きはじめた。仁八郎が前に出る。

苗代屋の前に戻ってきたとき、弥八がすっと寄ってきた。

「俊介どののまわりをずっと見張っていたが、別段怪しい者の影はなかった」

「そうか。それはよかった」

「俊介さん、だからといって、油断はできないぞ」

「わかっている」

弥八の言葉を受けて、仁八郎が気持ちを引き締め直しているのが、俊介に伝わってきた。

「今からこの苗代屋を張るつもりでいる」

「弥八が見張ってくれるのなら、心強いな」

「俺ばかりほめると、仁八郎さんがおもしろくないだろうぜ」

「いえ、そのようなことはござらぬ」

仁八郎がきっぱりといった。

「それがしの役目は、俊介どのを守ることにござる。弥八どのが力を貸してくれるのならば、これ以上、心強いことはない」

「そうか。俺は頼りにされているのだな。がんばるぜ。仁八郎さんともども、必ず俊介さんを守ってみせよう」

そういって弥八が姿を消した。

俊介は苗代屋の暖簾を払った。うしろに仁八郎が続く。

「お帰りなさいませ」

番頭の明るい声が響く。

「ああ、俊介さま」

番頭が走り寄ってきた。

「お客さまにございます」

「客だと」

「はい。伝兵衛さまとおきみちゃんがいらっしゃいますので、お部屋にお通しておきました」

そうか、といって俊介は階段を上がりはじめた。

七

よい目覚めだった。

起左衛門は若い頃を思い出した。昔はいつもこうだったたな、と思った。

寝床で大きく伸びをする。実に気持ちよい。

どうしてこんなに目覚めがよいのか。決まっている。ついに明日、本丸御殿と天守の大修築が正式に発表されるからだ。起左衛門は待ちきれない。

寝耳に水の秋津屋海兵衛はさぞ驚くだろう。仰天し、心の臓がいかれるかもしれない。

なにしろ、今から漆喰を手に入れようと奔走しても無駄なのだ。すでに主な取引先は、こちらが押さえてある。安芸や備後だけでなく、大坂や岡山、山口の漆喰問屋にまで手を伸ばし、すべての漆喰はこちらに入るように手を打ってある。

去年、赤潮で牡蠣が駄目だったおかげといってはなんだが、とにかくこれで大《おお》儲《もう》けができる。確実に秋津屋に差をつけることができよう。こたびの大修築のための漆喰は、春海屋が一手におさめることになろう。うちがついに秋津屋の風上に立てるのである。この日をどれだけ待ったことか。

起左衛門は、込み上がってくる笑いをこらえきれない。

腹が空いた。朝からこんなに空腹を覚えることは、とんとご無沙汰《ぶさた》だった。わしはどうやら健やかさを取り戻しつつあるのだな。病は気からというが、本当にそうなのかもしれない。秋津屋に思い知らせることができるというだけで、こんなにも体調がよいのだから。その逆なら、重い病にもなろうというものだ。

廊下をやってくる足音がした。朝餉ができたのだろう。起左衛門は立ち上がり、腰高障子をあけ放った。

「旦那さま」

番頭の勤造《きんぞう》である。名の通り、とても勤勉で、骨惜しみしない男だ。

「おまえが朝餉ができたことを知らせに来るなんて、珍しいね」

「はっ、朝餉でございますか」

「なんだ、ちがうのか。どうしたね」

「町奉行所の方たちがやってまいりました」

「町奉行所だって。こんな朝っぱらからなんの用だ。店のほうの座敷に通してあるのかい」

「いえ、もうそこまで来ています」

起左衛門は見やった。廊下をどやどやと十人近い男が進んでくる。誰もが目に光を宿し、かたい顔をしていた。

起左衛門は不安の雲が胸中に渦巻くのを感じながらも、町奉行所の者を出迎えた。

「ご苦労さまでございます」

深々と頭を下げる。

「あの、今朝はどのようなことで」

目の前に立っているのは、町廻り同心の高下八十之丞《たかしたやそのじょう》である。

「春海屋起左衛門っ」

八十之丞が厳しい目でにらみ据える。

「牡蠣を死滅させた罪で引っ立てる。神妙にせよ」

「牡蠣の死滅でございますか。いったいなんの話でございましょう」

起左衛門にはわけがわからない。

「話は奉行所で聞く。その上で、言い訳をするなり、抗弁するなりせい」

八十之丞が背後の捕り手に目を向ける。

「それ、引っ立てい」

捕り手が飛びついてきた。

「なにをなさいます」

起左衛門はあらがおうとしたが、捕り手は有無をいわさず捕縄で体をがんじがらめにしてきた。起左衛門は身動きができなくなった。

「高下さま」

起左衛門は叫んだ。

「これはいったいどういうことなのですか。わけをお聞かせください」

だが、八十之丞はなにも答えない。八十之丞だけでなく、捕り手の誰もが表情一つ変えない。無言を貫いている。

起左衛門だけでなく、五人の番頭も縛《いまし》めをされている。

これでは、とてもではないが、店は立ち行かない。明日の大修築の発表には、広島城に行くことになっていたが、それもかなわない。

起左衛門は暗澹たる気持ちになった。

いったいなにが起きたのか、おりつにはさっぱりわからない。

健吉さんに聞けば、わかるかもしれない、と思った。

健吉さんに大修築のことを話したせいで、こんなことになったのではないか。

そんな思いが頭を占める。

となると、やはり健吉さんはなにか知っているのではないか。おりつは懸命に秋津屋に走った。

表から秋津屋に入った。奉公人がおりつを見て、驚く。立ちすくんだ者もいる。

「健吉さんはいらっしゃいますか」

おりつは凛とした声を放った。こういうときは逆に度胸が据わる。

「はい、少々お待ちください」

気圧されたように一人の若い奉公人が奥に向かう。すぐに健吉と一緒に戻ってきた。

「おりっちゃん」

健吉が信じられないという顔をする。

「どうしたの」

おりつは顔を手で覆って泣きはじめた。張り詰めていたものがぷつんと切れたのだ。

「こっちへおいで」

おりつは店に上げられ、座敷に連れていかれた。

「水を飲むかい」

優しくきかれた。ううん、とおりつはかぶりを振った。

「なにがあったんだい」

おりつは顔を上げた。真剣な顔が目の前にあった。健吉がうなずく。

「なんでも話してごらん」

おりつはごくりと喉を上下させてから、話しはじめた。

みるみるうちに健吉の顔がこわばった。

「春海屋さんが町奉行所に連れていかれただって」

「健吉さん、私から聞いたことを秋津屋さんに話さないっていったけど、本当はどうなの」

健吉が瞳に強い光をたたえた。

「俺は、おりっちゃんから聞いたことは、一言も話していない。本当だ。信じてほしい」

おりつは健吉を見つめた。嘘をいっているようには見えない。

「うん、信じるわ」

「ありがとう」

健吉が軽く頭を下げる。眉根を寄せて、むずかしい顔をした。

「おとっつぁんだな」

確信のこもった声でいった。

「おとっつぁんが、お城の大修築のことを知って、春海屋さんに対してなにか手を打ったのだろう」

「えっ、そうなの」

「わからない。だが、俺にはそうとしか思えない」

立ち上がろうとして、健吉がとどまる。

「おとっつぁんを問い詰めたところで、なにもいわないだろうな。ならば――」

今度は立ち上がった。

「健吉さん、どこへ行くの」

「町奉行所に行って、御奉行にかけあってみようと思う」

「えっ、本気なの」

「冗談でこんなことはいえない。行ってくるから、おりっちゃんは、家で待っていてくれるかい」

「はい、わかりました」

一緒に店の外に出た。

「行ってくる」

おりつにいい置いて、健吉は駆け出していった。

おりつは家に戻ろうとして、ふと足を止めた。しばらく考えたあと、別の方角に歩きはじめた。


苗代屋で、俊介を待っていたのはおりつだった。

「ずいぶん長いこと、待っていたのよ」

おきみが俊介にいう。

「ちゃんと話を聞いてあげてね」

「おきみたちはおりつからもう聞いたのか」

「うん」

「そうか」

俊介はおりつに目を向けた。おりつは青い顔をし、紫色の唇は凍えたように震えていた。

「なにがあった」

俊介はすぐさまたずねた。おりつが委細を話す。さすがに俊介は驚きを隠せない。

「わけもなく引っ立てられたのか」

「いえ、ご同心の高下さまは、牡蠣を死滅させた罪とおっしゃっていました」

「牡蠣を死滅させたとは、どういうことだ」

「わかりません。ただ、去年、広島の牡蠣は赤潮でほぼ全滅しました。そのことをおっしゃっているのか、と私は思ったりしましたけど、はっきりしたことはわかりません」

「赤潮のことは俺も聞いている」

俊介は首をひねった。

「承知した。ちょっと町奉行所の者に会って話を聞いてみよう」

「ご無理を申しますが、どうかよろしくお願いします」

おりつが両手を畳につき、深々と頭を下げる。

「町奉行所には健吉さんが行ってくれたのですけど、まだ跡取りに過ぎないし……」

町奉行所の者と対等に渡り合うには、心許《こころもと》ないものがおりつにはあるのだろう。

「俺もまだ跡取りの身分だが、とにかく行ってこよう。おりつ、ここで待っておれ。おきみ、伝兵衛、おりつの相手をしてやってくれ。仁八郎、まいるぞ」

「はっ」

仁八郎が刀を手に立ち上がる。

町奉行所の場所を苗代屋の者に聞いた俊介たちは、道を戌亥《いぬい》の方角に取った。おそらく弥八は俊介たちの動きに気づき、あたりの気配をうかがっているはずだ。

広島の町奉行所は、江戸の町奉行所を模しているのか、宏壮な長屋門だった。門衛に、上迫広兵衛に会わせてくれるようにいった。

「お待ちあれ」

俊介たちの名をきいた門衛は一人の小者を呼び寄せ、上迫の旦那を呼んでくるようにいった。小者は門を入り、奉行所の建物にまっすぐ向かった。

待つほどもなく、広兵衛が小者とともにやってきた。

「おう、俊介どの」

「先ほど別れたばかりなのに、済まぬな」

「いや、そんなことはどうでもよいが、どうした」

「上迫どのは、春海屋のことを聞いているか」

広兵衛が眉間《みけん》にしわを寄せてうなずいた。

「うむ、同役の者に先ほど聞いたばかりだ」

広兵衛が見つめる。

「その話をしに来たのか」

「そうだ」

俊介はどうして町奉行所に足を運んだか、いきさつを語った。

「そうか、春海屋の娘に頼まれたのか」

「性分として見捨てるわけにはいかぬのでな」

「その話は中でしよう」

広兵衛の先導で、俊介たちは奉行所の建物に足を踏み入れた。玄関を過ぎてすぐの座敷に三人は入った。俊介は広兵衛と向き合う位置に座り、仁八郎は背後に控えた。

「牡蠣を死滅させた罪というのは、どういう意味かな」

広兵衛が首をひねる。

「去年、牡蠣は赤潮のせいでほぼ全滅した。俊介どのたちはそのことを知っているか」

「うむ、存じておる」

そうか、と広兵衛がいった。

「牡蠣が成長する前に赤潮でやられてしまったゆえ、漆喰の原料となる牡蠣殻もほとんど採れなかった。そのために今年になって漆喰が高騰しているのだ」

「ふむ、そうか」

「春海屋が捕らえられたのは、このことだ。漆喰を独占するために、春海屋が海に毒を流し、赤潮を発生させたのではないか、という疑いがあるのだ」

俊介はあっけにとられた。

「どんな毒を撒けば、赤潮を発生させられるというのだ」

「それは俺も知らぬ」

すぐに広兵衛が声をひそめる。

「町奉行所に戻ってから俺もいろいろと話を聞いたり、聞かされたりしたが、どうやら次席家老の星崎主計《ほしざきかずえ》さまが動かれた形跡があるのだ。おそらく秋津屋海兵衛に大金を積まれたのではないかな」

「次席家老か」

俊介はつぶやいた。なんとかしてやりたいが、どうすればよいか。浅野の殿さまに直談判《じか》ということも考えたが、今は在府中で、広島にはいない。

これは最後の手段しかないか。

うなるような思いで俊介は熟慮した。

「上迫どの」

決意した俊介は低い声を出した。上迫がその迫力にびくりとする。仁八郎は、俊介がある決意をしたことをすでに解しているようで、平静な態度を崩さない。

「聞いてもらいたいことがある」

「な、なんでござろう」

広兵衛がごくりと息をのむ。

「俺の身分だ」

「えっ」

広兵衛が目をみはる。

「やはり、俊介どのはただ者ではないということにござるか」

「いや、俺はただ者に過ぎぬ。だが身分を明かすことで、これからの話がしやすくなると判断した。聞いてくれるか」

「承知いたした」

広兵衛がじっと待つ顔になった。

「俺の姓は真田という」

「真田――」

広兵衛が口をぽかんとあける。

「真田というともしや」

「俺は信州松代真田家十万石の跡取りだ」

「げえっ」

広兵衛は驚愕し、のけぞりかけた。

「まことにござるか」

「証拠になるか知らぬが、こんなものもある」

俊介は懐から印籠《いんろう》を取り出した。

「これが見えるか」

印籠についている根付を見せた。

「ほう、熊の根付にござるな。おや、熊がなにか背負っておるぞ」

広兵衛がじっと見る。あっ、と声を発した。

「六文銭だ」

「六文銭の家紋がどこの家のものか、そなたは知っておろう」

「もちろんにござる」

ははっ、といきなり広兵衛が平伏した。

「知らぬこととはいえ、これまでのご無礼の数々、どうか、お許しくだされ」

「許すも許さぬもない。そなたは無礼など一つもしておらぬ」

「さようでございますか」

「上迫どの」

「若殿、呼び捨てにしてくだされ」

「わかった。だが、上迫も俺のことは若殿といわず、俊介と呼んでくれ」

「はあ、承知いたしました」

広兵衛が顔を上げる。

「しかし、どうして真田の若殿が広島にいらっしゃるのでございますか」

「それについてはあとで話そう」

俊介は身を乗り出した。

「上迫、俺はおくまとおすみを殺した犯人を必ず挙げてみせる」

「それは頼もしい」

「上迫、俺を町奉行に会わせてくれぬか」

「御奉行にですか」

「そうだ。春海屋の件でちと話をしたい」

「承知つかまつりました。いま御奉行にお目にかかり、若殿、いや、俊介どののことをお話ししてまいります。しばらくここでお待ちくだされ」

「承知した」

四半刻後、俊介は広島町奉行の福場《ふくば》内蔵頭《くらのかみ》と向き合っていた。

「それがし、真田俊介と申す」

「福場にございます」

「それがし、おくまとおすみを殺した犯人を挙げるつもりでおる」

「ほう、さようでございますか」

「うむ、必ず挙げてみせよう」

「それは心強いお言葉にございます」

内蔵頭が穏やかにいう。

「もしそれがしが犯人を挙げた際、春海屋に対して真っ当な裁きをお願いしたい」

「真っ当な裁きを……」

「さよう。福場どの、できるかな」

「真っ当な裁きは得手にございます」

そうはいったものの、内蔵頭は諾とはいわない。

ふむ、意外な狸《たぬき》よな。

まだ三十半ばと思えるが、この若さで町奉行を任されているだけあって、なかなかの人物なのだろう。

「よろしいか」

俊介は念押しした。それでも、内蔵頭はうんといわない。

おや。俊介は内蔵頭の顔を見直した。瞳の奥に光が見える。まっすぐな輝き方をしているように俊介には思えた。あれは正義の光ではあるまいか。これならば大丈夫ではないか。真っ当な裁きが得手といったということは、きっとその気はあるのだ。なにもいわないのは、確約できないことを軽々しく口にするつもりがないからにちがいない。

「福場どのは健吉に会ったのか」

「会いもうした。秋津屋という大店の跡取りにございます。それがしが門前払いをするようなことはありませせぬ」

きっと健吉は、必死に春海屋のための言葉を並べ立てたにちがいない。その言葉も内蔵頭の胸に響いたのではあるまいか。

内蔵頭の前を辞した俊介は仁八郎とともに苗代屋に戻った。

どういう仕儀になったか、そのことをおりつに伝えた。

「確約はせなんだが、あの様子ならば、真っ当な裁きは受けられよう。ただし、牢屋がどうなっているか」

なにしろ平気で殺しが行われ、牢役人が見て見ぬふりをするようなところだ。

牢屋に入れられた起左衛門たちは、大丈夫だろうか。

「きっと大丈夫でございます」

おりつが俊介にいった。

「牢屋に入れられることを予期していたわけではありませんが、おとっつぁんは、牢屋の人たちを哀れに思い、これまで食べ物を差し入れるなど、いろいろなことをしてきました。今回はそのことが、きっと役に立つと思います」

「そうか。徳のある人だったのだな。それなら案ずることはないな」

俊介が笑みを見せると、おりつは控えめに喜びをあらわした。

第四章　往く船、来る船

一

夢を見ていた。

どんな内容だったか、覚えてはない。

父の幸貫ではなかった。

急いでくれ。先日の父の言葉は覚えている。

あと少しで、この広島の地を離れることができるだろう。

夢を見たとはいえ、一晩ぐっすりと眠った。昨日の疲れは取れ、鉄砲で撃たれた体はほぼもとに戻った。体調はすこぶるよい。

朝、寝床で目覚めたとき、俊介は一つの結論を得ていた。

人身御供にされた浜吉は、実は今も生きているのではあるまいか、ということである。

苗代屋での朝餉の際、俊介はその考えを仁八郎、伝兵衛、おきみに伝えた。

「どうしてそのようなことを考えついたのでござるか」

箸を置いた伝兵衛にきかれた。

「夢に一人の人物が出てきた」

「誰でござるか」

「托鉢僧だ」

「どこの」

「この地の若い托鉢僧だ。この前会ったばかりだ」

「どこで会ったのでござるか」

「才蔵寺の近くだ」

「ああ、さようにございましたな。俊介どのはお布施をなされた」

俊介は伝兵衛を見つめた。

「今から仁八郎と一緒に才蔵寺に行ってくるゆえ、留守を頼む」

俊介はおきみに目を転じた。

「おきみ、伝兵衛のお守りを頼むぞ」

「お守りとはいったい」

「任せといて」

おきみが胸を叩く。

「首に縄をくくりつけて、どこにも行かないようにしておくね」

「縄はがっちり握っておくのだぞ」

「ええ、わかっているわ」

「仁八郎、まいるぞ」

苗代屋を出た俊介たちは丑寅の方角へ道を取った。弥八は今日も警護してくれているはずだ。俊介も心強いが、仁八郎も少なからず頼りにしているはずだ。

四半刻ほどで才蔵寺が見えてきた。

「浜吉が生きているとして、どうしてこの前の托鉢僧なのですか」

仁八郎にきかれた。

「俊介どのはあの若いお坊さんが、浜吉だとお考えになっているのでございますか」

うむ、と俊介は顎を引いた。

「仁八郎は、あの僧侶のこめかみのところに二つの古傷があったのを覚えているか」

いわれて、仁八郎が首をひねる。怪訝《けげん》そうな顔をする。

「見たような気はしますが」

はっとした。

「もしやその二つの古傷は、角の跡でございますか」

「俺はそうだと思う。浜吉を救った者が骨を削ったのであろう」

仁八郎が瞠目する。新たな問いを俊介にぶつけてきた。

「人身御供にされた浜吉を、いったい誰が救ったのでしょう」

俊介は微笑した。

「それはこれからだな。だが、托鉢僧ということで、なんとなく見当はつくな」

「俊介どのは、救った者に会ったと考えておられるのですか」

俊介はかぶりを振った。

「いや、会ったことはない」

才蔵寺の門前にやってきた俊介たちは少し息を入れたのち、托鉢僧の姿を求めて付近を捜した。だが、あの若い僧侶は近くにはいなかった。

「そうか、俺は馬鹿なことをしたな」

俊介は下を向き、つぶやいた。

「どういうことにございますか」

「おくま、おすみの二人を殺したのが浜吉だとする。浜吉が二人の飯盛女を絞め殺したのは、母が首つりをしたからだ。母の無念を晴らそうとしたのだろう。あと一人、秘密をばらした者がいる」

「滝助ですね」

「浜吉は滝助を追っているのではないか」

「だから、このあたりにはいないということですね」

「そうだ。話を聞こうと思ってのこのことここまでやってくるなど、俺はなんというたわけか」

「広島城下に戻りますか」

「いや、なんの手がかりもなしで戻ったところで、浜吉を捕まえることはできまい。少し話を聞いてゆく」

「誰にですか」

俊介は才蔵寺を指さした。


才蔵寺の住職はにこやかに俊介たちを迎え、庫裏に招き入れてくれた。どうやら客があるのを喜ぶたちのようだ。

俊介はさっそく托鉢僧のことをきいた。

「ああ、あの若いお坊さんのことですな」

住職が、うんうんとうなずく。

「あのお坊さんの名は隠伯《いんはく》さんですよ。歳は十八くらいではないかなあ」

「どこのお寺で修行しているのか、ご存じか」

「この近所の桑富寺《そうふじ》という寺ですよ」

桑富寺は臨済宗の寺だそうだ。

「歴史はありますが、小さい寺でいまお寺には隠伯さん一人のはずですな。住職だった伯舟《はくしゅう》さんがこの前、病で亡くなったばかりですから」

「隠伯どのは、いつから桑富寺で修行をはじめたのでしょう」

俊介は住職にたずねた。

住職が遠い目をして、記憶をたぐり寄せようとする。

「幼い頃からでしょう。多分、三、四歳の頃からお寺におりましたな」

「ご住職は、隠伯どのの出自をご存じか」

住職がかぶりを振る。

「いえ、知りません。愚僧はてっきり伯舟さんの血縁だと思い込んでおりましたが、ちがうのですかな」

「もしかすると、ちがうのかもしれませぬ」

俊介は桑富寺の場所をきいた。住職はていねいに教えてくれた。

仁八郎が足を止めた。

「ここですね」

才蔵寺の住職がいっていたように、小さな寺である。ぐるりを背の低い土塀がめぐっているが、ざっと見たところ、境内は百坪もないのではないか。まわりを深い木々に覆われて、薄暗さの中に寺はあった。

小高い丘ではなく、寺は平地に建っている。小道のすぐ脇に山門があり、その上に『桑富寺』と墨書された扁額が掲げられている。

歩み寄った俊介は山門を押してみた。わずかに動いただけで、門はかたく閉まっていた。閂《かんぬき》がおりているようだ。

だが、くぐり戸には閂が下りていなかった。

「失礼する」

声を出して、俊介はくぐり戸を押した。ぎぃー、と耳障りな音が立った。俊介はかまわずに身を入れようとしたが、仁八郎がそれを制した。

「俊介どの、それがしが先にまいります」

仁八郎は、この門の先になにが待っているかわからない、というような顔をしている。

「そうか。では、行ってくれ」

仁八郎が顎を引き、くぐり戸を抜けた。

「いらしてください」

中から仁八郎の声がし、俊介はあらためてくぐり抜けた。

「誰かいるようです」

仁八郎がささやきかけてきた。

「隠伯かな」

「かもしれませぬ」

桑富寺はこぢんまりとした本堂に庫裏、鐘楼があるだけだ。竹藪の生い茂る裏手に、狭い墓地が小さな広がりを見せていた。卒塔婆《そとうば》が陽射しを浴びて、くすんだ色合いを見せている。

俊介たちはまず庫裏を訪ねた。だが、ここには誰もいなかった。次に本堂に入った。ここも無人で、がらんとしていた。由緒のありそうな本尊が、俊介たちを穏やかな目で見下ろしているだけだ。

鐘楼にも行った。その後は境内をくまなく見て回った。だが、人などどこにもいなかった。墓地の先の竹藪にも足を踏み入れた。蚊の襲来を受けただけで、人けはまったくなかった。ただ、竹藪の先には裏口が設けられており、仁八郎が気配を感じた者は、俊介たちがやってきたことを知り、そこから出ていったのかもしれない。出ていったのは隠伯なのか。

俊介は沈思した。

隠伯は、滝助を狙っていると見てまずまちがいあるまい。おそらく伯舟という浜吉を救い出した住職は、死ぬ前にすべてのことを隠伯に語ったのだろう。それはもちろん、浜吉に復讐させるためではないだろう。なにも知らずに生きてゆくよりも、事情を知り、すべてのことを許してやるようにという気持ちからのはずだ。だが、隠伯には伯舟の気持ちは通じなかった。そういうことなのか。

結局、なんの手がかりも得ることなく、俊介たちは広島城下に戻ってきた。少し落胆がある。だが、探索というのは、なにつかめないことのほうがずっと多いのだろう。やはり甘いものではないのだ。

滝助の行方は同心の広兵衛も捜しているはずで、俊介はどういう状況なのか、話を聞きたかった。

もっとも、滝助の行方を捜しているのは、俊介たちや広兵衛だけではない。隠伯も血眼になって捜しているにちがいないのだ。

町奉行所に行った。広兵衛は外に出ており、いなかった。これは予期できたことで、俊介に落胆はなかった。

「俊介どの、少し休みますか」

仁八郎が体を気遣っていったのがわかり、俊介はむげに断ることはできなかった。

「そうしよう。あそこに茶店があるな」

俊介たちは歩み寄り、長床几に腰を下ろした。さすがにほっとする。才蔵寺のほうまで往復しただけなのに、やはり疲れているのだな、と俊介は実感した。茶店は混《こ》んではいない。ほかに客は老夫婦らしい二人連れがいるだけだ。その二人は奥のほうで、にこにこと話をしている。いかにも仲がよさそうである。

俊介は冷たい茶を注文した。すぐに看板娘にもたらされたそれにはほどよい甘みがあり、体に染み渡るのがはっきりとわかった。

「ふう、うまい」

俊介は大きく息をついた。

「おいしいですね」

仁八郎も顔をほころばせている。

「仁八郎、妙な気配は感じぬか」

「はい、今のところは」

「弥八もそばにいる。心強いな」

「本当にそう思います」

仁八郎が茶を一口喫する。

「弥八どのは俊介どのの命を狙ったことがあるのですね」

「うむ」

「俊介どのはそれを許したのですか」

「誤解からだったゆえな。いきなり寝込みを襲われたときは驚いたが」

「許す、というのは大事だと思います。すべてうらみに思っていたら、人というのはとても生きてはいけぬでしょう」

仁八郎がちらりと振り返る。

「仲のよさそうな夫婦ですが、あの二人もきっと許し、許され、を積み重ねてこれまで生きてきたのだと思います」

「うむ、その通りだろうな」

良美どのと俺は夫婦になることがあるだろうか。いや、姉の福美どのが俺の相手か。だとすれば、良美どののことはあきらめるしかない。だが、あきらめきれるのか。

あきらめるしかないではないか。俊介は自らにいい聞かせた。武家同士の婚姻というのは、庶民のようにいくものではない。庶民だって、親同士が決めた者が一緒になることが少なくないのだ。武家が自分の思い通りになるはずがない。

「俊介どの、どうされました」

仁八郎がのぞき込んでいる。俊介は小さく笑った。

「いや、たいしたことではない。仁八郎」

「なんでしょう」

「そなた、好きなおなごはいるのか」

仁八郎がどきりとする。意外な驚きようで、俊介はちょっとびっくりした。

「ええ、まあ、おります」

「どんな娘だ」

仁八郎が茶で唇を湿した。

「道場の門人です。けっこう強いのですよ」

「だが、仁八郎の相手ではなかろう」

「それはもちろんですが、うちの男たちでは、太刀《たち》打ちできませぬ」

「ほう、そんなに強いのか。俺も負けるかな」

「俊介どのにはかなわぬでしょうね。しかし、俊介どのが修行を怠るようなら、超えるかもしれませぬ」

「ならば、俺も負けておられぬな」

俊介はすぐに首をひねった。

「そんなおなごがいたかな。俺は知らぬぞ」

仁八郎が笑いを漏らした。

「この旅に出る前、俊介どのは道場にほとんどいらしておりませぬ。そのあいだに入門してきた娘です」

「名は」

「美加《みか》どのです」

「きれいな名だ。歳は」

「それがしより二つ下です」

「十六か」

「気持ちを伝えたのか」

仁八郎があわててかぶりを振った。

「まさか、そのようなことができるはずもありませぬ」

「どうして好きになった」

「理由はないような気がします。とにかく負けず嫌いで、それがしにいつも挑んでくるのです。女だてらに根性があるというのか、竹刀を振るっていて、とても気持ちがよいのです。それは美加どのの剣がまっすぐだからでしょう」

仁八郎が茶を飲み干した。

「美加どのは、武家か」

「はい、それがしの家とさほど離れておりませぬ。貧乏旗本の三女です」

「ならば、そなたに縁づくのにはなんの障りもないな」

「向こうはありませぬが、それがしのほうが大ありです。こちらは貧乏旗本の三男ですから、一緒になっても暮らしてゆくことができませぬ。その前に一緒になること自体、許されぬでしょう」

そうかもしれぬ、と俊介は思った。人というのは、なかなか思い通りにいかぬものだ。

「仁八郎、おかわりをもらわずともよいか」

「はい、それがしはけっこうです」

俊介は湯飲みに口をつけた。

「話を浜吉のことに戻すぞ」

はい、といって仁八郎が真剣な顔になる。

「隠伯は、どうしておくまやおすみを殺したりしたのか。まだ隠伯が犯人だと決まったわけではないが、そんなことをする必要など、どこにもなかったはずだ。育ての親である伯舟和尚《おしょう》は、隠伯が真っ当に生きてゆくのが望みだったろう。隠伯はその望みの通りに生きるべきだったのだ」

俊介は小さく首を振った。

「だが、俺も辰之助の無念を晴らすために、似鳥幹之丞を追っている。人のことは軽々といえぬな」

俊介と仁八郎は代を支払って、茶店を出た。いったん苗代屋に戻ることにし、西国街道を歩いた。

「あっ」

あと一町ほどで苗代屋というとき、前を行く仁八郎が声を上げた。

「どうした」

「あそこに托鉢僧がいます」

「なに」

十間ほど先に、確かに一人の托鉢僧が立っている。編笠をかぶっているが、見れば見るほど、隠伯に思えてきた。

はやる気持ちを抑え込み、俊介は仁八郎のあとをついていった。

「隠伯どのか」

俊介は前に立ち、声をかけた。托鉢僧が編笠を上げる。

「確かに愚僧は隠伯にございます」

隠伯が俊介をじっと見る。

「このあいだ才蔵寺さんのそばで、お布施をしてくださった方にございますね」

「よく覚えておるな」

このあたりはさすがとしかいいようがない。よく修行を重ねている僧侶には、そういうところがある。

「はい、それはもう」

隠伯は陰りのない笑みを浮かべた。

「隠伯どの、ちと聞きたいことがあるのだが、よいか」

「なんなりと」

隠伯がていねいに辞儀する。俊介は咳払いした。

「そなた、もとの名は浜吉か」

隠伯が目を丸くした。

「どうしてそれを」

「うむ、いろいろと調べた」

俊介は隠伯を見つめた。

「人身御供にされたそなたを、伯舟どのが救ってくれたのだな」

一瞬、間があいた。

「はい、そう聞きました。なんでも夜間、一人で穴を掘り、愚僧を救ってくださったそうでございます」

俊介は問いを続けた。

「そなた、おくまとおすみのことは、存じているか」

「知っております。愚僧と同じ村の出で、殺されたことも存じております。殺されるなどかわいそうでなりませんが、愚僧にできることは二人の冥福を祈ることだけです」

「おくまとおすみの二人に、うらみはないのだな」

隠伯は意外そうな顔をした。

「うらむ理由がありません。愚僧が人身御供にされたせいで、母親が首をつって死んだことは存じています。残念でなりませんが、そのこととおくまさん、おすみさんとのことは関係ありません。愚僧がすべきことは、伯舟住職の衣鉢を継ぐことに尽きます。一所懸命に修行をして、これから生きてゆくつもりでおります」

目を輝かせてきっぱりといい切った。

ちがう、この男ではない。俊介は、勘ちがいしていたことを覚った。

となると、おくま、おすみを殺した犯人は滝助なのか。

滝助がどうして二人を殺さなければならぬのか。しかも左手の小指を切り取るというようなことをしなければならぬのか。

それはいい。滝助を捕まえれば、はっきりすることだ。

滝助はどこにいるのか。俊介は考え込んだ。

すぐにひらめいた。

桑富寺で仁八郎が人の気配を感じたのを、俊介は思い出した。あそこにいたのが滝助ではないか。もちろん隠伯がかくまっているわけではない。隠伯がいないあいだは人がいないことを知っている滝助が勝手に隠れているだけだ。

俊介たちが行ったときは、裏口から逃れ出て、俊介たちが出てゆくのを外で待っていたにちがいない。今もまだ桑富寺にいるのではないか。

桑富寺は滝助にとって、地元の寺といってよい。事情を詳しく知っていても、なんら不思議はない。

二

くぐり戸は避けた。

ぎいーと音が立つからである。

桑富寺の土塀は低く、乗り越えるのになんの障害にもならない。

俊介たちはひそかに境内に入り込んだ。

姿勢を低くした仁八郎が、本堂を見る。

「あそこから人の気配がしています」

「一人か」

「そのようです」

「乗り込むか」

「はい、まいりましょう」

仁八郎が俊介を見る。

「離れずにいらしてください」

「承知した」

仁八郎が足音を殺して進む。俊介もそれにならった。

本堂には三段の階段がついている。仁八郎はそれを使わず、ひらりと回廊に乗った。

俊介も同様のことをした。幸いにも回廊の板はきしまなかった。

仁八郎が格子扉から中をのぞき込む。

「います」

ささやきかけてきた。

俊介も首を伸ばして見た。

本尊の前でぐたーっと横になっている男がいた。眠っているようだ。

「行きましょう」

俊介は仁八郎にうなずいてみせた。

草履を脱いだ仁八郎が格子扉に手をかけた。押しひらき、一気に本堂に乗り込んだ。俊介はそのあとに続いた。

「起きろ」

仁八郎が吠える。

「な、なんだ」

男ががばっとはね起きた。

「な、なんだ、あんたら」

「滝助か」

仁八郎が鋭くきく。

「ち、ちがう」

「ならば、おぬしは誰だ」

「俺は……」

男がいいよどむ。

「滝助だろう」

「ちがうっ」

叫びざま、走り出そうとした。仁八郎が足をかけた。男があっけなく床を転がった。はいつくばってまた駆け出そうとするのを、仁八郎が男の襟元をつかんでぐいっと引き寄せた。

「逃がさぬ」

「お、俺はなにもしてないぞ。どうしてこんなことをするんだ」

俊介はずいと前に出た。

「おまえ、おくまとおすみを殺したな」

「なにをいってるんだ。俺じゃない」

「いや、おまえだ」

「証拠は」

「ない」

男が冷笑を浮かべた。

「だったら、放してくれ」

「そういうわけにはいかぬ」

俊介は男を見つめた。

「町奉行所に連れてゆく」

男の顔に恐怖の色が浮かんだ。

「いやだ。俺は行かない」

「いやでも連れてゆく」

「どうしてだ。あんたには関わりがないだろうが」

「それがあるのだ」

「どんな関わりだ」

「おまえにいってもしようがない」

俊介は仁八郎にうなずいてみせた。

「来い」

仁八郎が襟を持って男を外に連れ出す。男はあらがったが、無駄であることを知ったようで、おとなしくなった。

俊介たちは道に出た。俊介は仁八郎に耳打ちした。わかりもうした、と仁八郎が答えた。

次の瞬間、仁八郎が男から手を放した。その瞬間を逃さず、男がだっと走りだした。仁八郎の腰のあたりがきらめいた。ぴっ、と鋭い音がし、なにか黒いものが宙を飛んだ。それが男の目の前にぽとりと落ちた。それを見て、あわわ、といって男がへたり込んだ。

「ううう」

地面に座り込んで、男がうめき声を上げている。ばさりと髪の毛が垂れて、男の顔を覆った。

俊介は男の前に落ちている黒いものを見た。

「髻《もとどり》を切られたか」

いって俊介は男を立たせた。男はがくがく震えている。歯の根が合わない。これなら二度と逃げ出そうという気は起こすまい。

これでよい、と俊介は仁八郎にうなずきかけた。仁八郎がにっと笑った。

「おまえ、滝助だな」

俊介はきいた。

「は、はい」

ようやく認めた。さっきの仁八郎の剣の冴《さ》えが効いたのである。

「滝助、どうしておくま、おすみの二人を殺したのだ」

俊介は責める口調でなく、いい聞かせるようにただした。

「それですかい」

滝助がうつむく。もうしらを切る気はないようだ。

「おいらがちっちゃい頃、おくまとおすみの二人はおいらのお嫁さんになるって競うようにいったんですよ。指切りげんまんまでしましたよ」

「まさかその約束が守られなかったから、殺したというのではなかろうな」

「そうですよ」

ふてくされたように滝助がいった。

「おいらはあの二人が約束を守らなかったから、殺したんだ」

赤い顔になっている。唇もとんがらせていた。確かに、そういうところは蛸によく似ている。

「滝助、約束を破られたのが、そんなに悔しかったのか」

「悔しかった」

滝助が青い唇を震わせる。

「飯盛女として広島に奉公に出る直前、おすみとは、口を吸い合ったこともあるんだ。それなのに……」

「二人とも立て続けに縁づくのが決まったな。それが許せなかったのか」

俊介の言葉が聞こえなかったかのように、滝助が続ける。

「おいらは、商家の奉公人になりたかったんだ。だが、その望みはかなわなかった。おいらは馬子になった。なるしかなかった。おとっつぁんが馬方だったからだ」

「そうか、てて親も馬方だったのか」

俊介は相槌《あいづち》を打った。

「馬方といっても、馬鹿にしたものじゃないんだ。やせ馬だが、持ち馬が一頭いるし、稼ぎはまずまずよかった。おいらは一年半ばかり前、おすみに一緒になってくれるよう頼みに行ったんだ。でも、馬方の女房などとんでもない、とおすみは拒んだ。いやならば仕方がない。おいらはおくまにも同じことをいった。だけど、おくまのやつもいやだとはっきりいいやがったんだ。馬鹿にしやがって」

「それで」

「怒りが燃え上がった。だが、そのときには二人を殺そうという気はなかった。素直にあきらめようとしたんだ。だが、つい最近、二人が縁づくという話を聞いて、頭に血がのぼった。ちっちゃい頃のあの指切りは、いったいなんだったんだ」

いつの間にか滝助の目が血走っている。

「おいらは怒りにまかせて二人を殺した。深川屋では客の部屋から出てきたおすみをかどわかし、才蔵寺まで連れていった。あそこで口を吸い合ったことを思い出させ、ほかの男に縁づこうとする気持ちをひるがえさせるためだった。だが、おすみはやっぱり拒みやがった。だからおいらは殺し、思い知らせるために指を切り取った」

「おくまは」

「おくまか。あの女は、もうはなから殺すつもりだった。おすみを殺したのがおいらではないかと疑うだろうと思ったからだ。おくまが苗代屋で飯盛女のようなことをしているのは前から知っていた。客の部屋を出たあと、厠に必ず行くことも知っていた。事前に調べたからな。殺すのはたやすかった。俺の手のひらの中で、おくまの首の骨がぽきりと音を立てた。それですべてはおしまいだ。いや、最後に左手の小指を切り取ることを忘れちゃいけないな。あの女も約束を破りやがったんだから、当然の報いだ」

　憑かれたよう滝助はしゃべり続けた。

　いくら罪人とはいえ、人を捕らえるというのはあまり気分のよいものではない。

だが、こうして滝助を連れてゆくことで、春海屋が真っ当な裁きを受けられる。これはやはり大きい。

「俊介どの」

仁八郎が足を止めた。俊介も自然、立ち止まることになった。

侍が俊介たちの前途をさえぎっている。殺気をみなぎらせていた。

俺を殺す気だな。

俊介は覚った。

誰かが俺を殺すために、また刺客を送り込んできたのだ。

「俊介どの、下がってください。滝助を逃がさないように」

「仁八郎、よいのか」

「当然です。それがしは俊介どのの用心棒です。俊介どのを守らねばなりませぬ」

仁八郎が侍をにらみつけている。

「この男、相当遣います。俊介どのでは残念ながら相手になりませぬ」

侍は卑しい顔をしていた。こんな男に仁八郎が負けるはずがない、と俊介は思った。

侍が刀を抜いた。正眼に構える。だが、その姿は俊介から見ても隙だらけだ。仁八郎も抜刀した。隙だらけに見せて誘っているのかもしれぬ、と俊介は思った。同じことは仁八郎も考えているだろう。仁八郎は動かない。

侍も動かない。ただ刀を構え、仁八郎を見つめているだけだ。

俊介は、動いたら負けのような気がした。

それでもあの隙だらけの構えを見せられては、動かずにいるというのもむずかしいのではないか。あっさりと倒せそうな気がする。仁八郎なら、なおさらだろう。

「来いっ」

仁八郎が声を発した。

「きさまから来い」

侍が冷笑する。

「怖いのか。真田の若殿の用心棒は希代の臆病者か」

「誰に頼まれた」

俊介は鋭くいった。侍が俊介を一瞥する。

「知りたければわしを倒し、吐かせればよい」

挑発している、と俊介は思った。乗っては駄目だ。

「ならば、そうさせてもらう」

仁八郎が斬りかかった。侍が刀を合わせてゆく。ぎん、と鉄同士がぶつかった
割に、にぶい音が立った。

「仁八郎っ、どうした」

仁八郎の体がかたまり、まったく動かない。刀も動かせられないようだ。

それを見逃さず、侍が刀を振り下ろそうとした。俊介は刀を抜き、突っ込んだ。

間一髪、侍の斬撃は俊介に届かなかった。

ただ、今度は俊介の体が動かなくなった。

体に強烈なしびれが走っている。まるで雷に打たれたようだ。

侍が刀を上段から振り下ろしてきた。それははっきりと見えているのに、体が
動かない。俊介は目を閉じかけた。

ちっ。侍が舌打ちした。俊介は目をあいた。

侍が左手を押さえている。そこから血がしたたっていた。

俊介はしびれが少し取れた。後ろにようやく動くことができた。

仁八郎がどうやら脇差を飛ばしたようだ。侍の左手をかすめて背後に抜けていったらしい。

助かった。

俊介は安堵した。

「行くぞ」

仁八郎が腹から声を出した。

「きさまの剣はもうわかった。怖くないぞ」

仁八郎が突進する。

「ほざくなっ」

剣客が刀を振り下ろす。仁八郎はあっさりとかわした。胴に刀を払ってゆく。おっ、と侍が後ろに下がって、なんとかよける。

侍が袈裟懸けを見舞った。仁八郎はそれも難なく避《よ》けた。もうまともに刀を合わせることはない。

仁八郎が刀を上段から落としていった。それを侍はかわし損ねた。右腕から血が噴き出た。仁八郎が胴に刀を振る。侍の脇腹の着物から、ぴっと音がした。そこからも血がにじみ出てきた。

仁八郎は侍にさらにいくつかの小さな傷を入れた。

侍の息は荒い。もうほとんど戦えない。出血とともに、体力がなくなっているのだ。

「くそう、駄目だ」

あきらめたように地面にへたり込んだ。

仁八郎がゆっくりと近づく。

「きさま、誰に頼まれた」

「聞きたいか」

「当たり前だ」

仁八郎が侍の首筋に刃を当てようとした。その瞬間、侍が刀を仁八郎に投げつけた。仁八郎はその動きを予期していたようで、易々《やすやす》とかわした。

「くっ」

侍が唇を噛む。脇差を引き抜くや、一気に腹に刺した。

「無念だ」

苦悶《くもん》に顔をゆがめつつ、侍がいった。

「くそう、百両がふいだ」

その言葉を最期《さいご》に、前のめりに倒れた。腹から血が流れ続けている。もう息をしていない侍の体のかたわらに血だまりができてゆく。

俊介はため息をついた。

「哀れな」

俊介は小さく首を振った。

「金で雇われたようだな」

「はい」

「金で命を狙い、命を捨てる。どうかしている」

仁八郎がはっとした。

「滝助がおりませぬ」

「逃げ出したか」

俊介はあたりを見回した。

「あそこだ」

一町ほど先を走っている背中が見える。

「逃がすか」

俊介は刀を肩にのせて走り出した。同じ姿勢を取った仁八郎がうしろに続く。

「俊介どの」

仁八郎が呼びかけてきた。

「それがしの後ろに下がってください」

仁八郎は必死だ。今度、俊介が撃たれたら、自分はどうすればよい、と考えているのだ。その言葉をむげにはできない。俊介は足をゆるめ、仁八郎を先に行かせた。

滝助は両手を上げて、わらわらと走っている。馬方という職が関係しているのか、足はそんなに速くない。

徐々に俊介たちとの距離は縮まってゆく。滝助が焦って後ろを振り返る。そのたびに、遅い足がまたのろくなり、俊介たちはぐっと詰めてゆく。

あと十間ほどになったとき、振り返った滝助が石につまずいたか、無様に素っ転んだ。距離が一気に縮まった。滝助はあわてて立ち上がり、走り出そうとするが、どこかを痛めたのか、足を引きずりはじめた。

こうなれば、もう捕らえるのはときの問題でしかない。

仁八郎が滝助の前に回り込んだ。

「ああっ」

滝助が悲痛な声を出す。仁八郎が滝助の襟元《えりもと》をぐっとつかんだ。その拍子に滝助がこちら側を向き、仁八郎が背中を見せることになった。

「ったく、手間かけさせやがって」

仁八郎が、江戸の町人のような言葉を口にした。

滝助が仁八郎を見、ぶるぶると震えている。仁八郎はよほど怖い顔をしているのだろう。

俊介は一目見たかったが、遠慮しておいた。夢でうなされたくはない。

わしは百両をつかみそこねた。

まさかこんなことになるとは夢にも思わなかった。

皆川仁八郎の強さは、家老たちから聞いていた。

だが甘く見ていた。

やつは予期した以上に強かった。それでも俊介が邪魔立てしなければ、確実に葬っていた。二人を相手にしてしまったのがまちがいだった。

死にたくないが、死ぬしかないのだろう。

二人の男を殺したつけを払わせられたのだ。

それにしても、まさかこのわしが自刃の道を選ぶとは思わなかった。このわしにも侍らしさが少しは残っていたというわけか。

百両で殺しを請け負うなど、やはり人としてまちがっていたのだろう。命より金のほうを大事と思っていた。自刃は、最期《さいご》はせめて侍らしく死ねるようにと、神か仏が手配りしてくれたのだろう。

生まれ変わりがあるならば、来世は金などにとらわれぬ者になりたい。

そうすれば、きっとよい人生を送れよう。

こういう考え方をもっと早くすべきだった。

しかし、まだ遅くはあるまい。必ず来世では心の豊かな者に生まれ変われよう。

三

広島町奉行所に着いた。

俊介は広兵衛が帰ってきているか、門衛にたずねた。戻ってきていらっしゃいますとの返事だったので、呼んでもらった。

穏やかな風が二度、三度と吹いて庭の梢を騒がしたあと、広兵衛が長屋門のところに姿をあらわした。中間を連れている。

俊介と仁八郎を認めて笑顔になった。

「これは、若殿いや、俊介どの。仁八郎どのも一緒だな」

俊介はにこりと笑った。仁八郎が一礼する。

「上迫、どうだ、捕まえたぞ」

「えっ」

広兵衛が、仁八郎が奥襟をつかんでいる男をまじまじと見た。

「そいつは滝助ですね」

「そうだ。おくま、おすみ殺しを白状したぞ」

広兵衛が目を丸くする。

「まことでござるか」

滝助がぎらりと獰猛《どうもう》そうに目を光らせた。嘘だ、白状なんかしていないとでもいうつもりなのか、と俊介は思った。今にも嚙みつかんとする犬のような顔をしていたが、仁八郎と目が合って、がくりとうなだれた。それきり、なにもいう気はなくしたようだ。

俊介は広兵衛にいった。

「それ、引き渡すぞ。受け取ってくれ」

「本当に捕まえてきたのですね」

広兵衛はひたすら驚いている。

「俺たちはやるといったら必ずやるのだ」

「お見それしました」

広兵衛が中間に滝助を渡す。中間は捕縄で手際よく滝助を縛り上げた。滝助は身動き一つ、かなわなくなった。

「よし、とりあえず穿鑿《せんさく》部屋に入れておけ。吟味方に滝助の取り調べを行うよう、頼んでおくゆえ」

「承知いたしました」

中間が滝助を引っぱってゆく。滝助は、からくり人形のようにぎこちなく歩いてゆく。もうあきらめきった顔つきだ。

中間と滝助の姿が奥に消えたのを見届けてから、広兵衛が俊介を見つめる。

「俊介どの、これからお奉行にお会いになりますか」

「頼めるか」

「お安い御用でござる」

こちらにどうぞ、と広兵衛にいざなわれて、俊介と仁八郎は、この前通された玄関脇の座敷に腰を落ち着けた。

「しばらくここでお待ちくだされ」

広兵衛が襖を閉じて去ってゆく。

すぐに会えるかと思ったが、半刻近く待たされた。町奉行というのは、やはり忙しい身なのだろう。

「長いことお待たせしてしまい、まことに申し訳なく存ずる」

広兵衛が低頭して謝る。

「いや、別にかまわぬ。俺たちは気にしておらぬ」

「しかし、俊介どのの本当のご身分がご身分ゆえ……」

俊介は人さし指を自らの口に当てた。

「上迫、それはいわぬ約束だぞ」

「はっ、さようにございました」

俊介と仁八郎は町奉行の福場内蔵頭に再びあった。

内蔵頭が微笑する。

「まこと捕まえたそうにございますな」

「おかげさまで」

「お手柄でございました」

「かたじけない」

俊介は内蔵頭を見つめた。内蔵頭が大きく顎を引く。

「約束は守ります」

これだけをいったが、内蔵頭の口調には力強さが満ちていた。

これならば大丈夫だ、春海屋はまともな裁きを受けることができるだろう。

確信した俊介は、ほっと息をついた。仁八郎も胸をなで下ろしている。

俊介は内蔵頭と広兵衛に礼をいって別れ、その足で春海屋に行った。

店は死んだようになっていた。戸はかたく閉まっている。主立った者がいないのだから、船頭を失った船のようなものだ。下の者だけでは、店を動かすことはできない。舵《かじ》取りをする者がいなければ、大店という船は進まないのである。

俊介は、戸をどんどんと叩いた。そのあいだ、背後を仁八郎が怪しい者が近づいてこないか、目を光らせている。

「どちらさまでございますか」

臆病窓がひらき、男の目がのぞいた。

「俊介という。おりつどのに会いたい」

「少々お待ちくださいますか」

臆病窓を閉じた男が、足早に奥に去った気配が伝わる。

目の下の地面を蟻が一寸ばかり歩いたとき、再び臆病窓が音を立ててあいた。

明るい瞳がのぞいている。

「あっ、本当に俊介さまだ。今あけますから、お待ちください」

弾んだ声のあと、くぐり戸の閂が外れ、からりとあいた。

「どうぞ、お入りください」

俊介と仁八郎は春海屋に足を踏み入れた。期待に満ちた目で、おりつが俊介を見る。

「まずまずよい知らせを持ってきた」

「まことでございますか」

おりつが瞳を輝かせた。

「こちらにいらしてください」

俊介たちは居間らしい部屋に連れていかれた。そこには健吉がいた。俊介を見て、あわてて立ち上がる。

「俊介さまですね。おりっちゃんから、いろいろとお話はうかがっております」

「そなたも手を尽くしているようだな。町奉行の福場には会えたのか」

町奉行を呼び捨てにする男というのは何者なのか、と畏怖《いふ》する色が健吉の瞳に浮いた。

「はい、お目にかかれました」

「首尾は」

「よい感触だったと思います」

俊介はうなずき、笑った。

「まずは座るか」

俊介の向かいに健吉が正座した。俊介の斜め後ろに仁八郎が控える。

「先ほど、福場内蔵頭に会《お》うてきた。春海屋は公正な裁きを受けられるはずだ」

「さようでございますか」

健吉が大きく息を吐いた。

「よかった、本当によかった。肩の荷が下りた気分です」

「想い人の父親とはいえ、健吉、ずいぶんと大仰な喜びようだな」

「手前、おとっつぁんのやり方には、本当に腹が煮えました。もうあんたのことなどおとっつぁんとは思わない、あんたなんか俺のほうから勘当してやるといって飛び出してきました」

俊介は楽しくて、大きく笑った。

「父親を勘当したか」

「はい。金輪際父でもなければ子でもないといってまいりました」

「後悔せぬか」

「いたしません」

健吉は明快に答えた。あっぱれだな、と俊介はうれしかった。

「なんといっても、商売での負けは商売で取り返すべきです。しかしおとっつぁんは、なに甘いことをいっているのだ、と手前にいいました。手前は許せませんでした。自分の甘さが苦況を招き寄せたというのに。しかし父親の不始末は、せがれが尻ぬぐいをすべきです。それでうまくいったとうかがい、ほっとしたのでございます」

おりつが健吉に熱い眼差しを注いでいる。

この二人が一緒になれば、と俊介は思った。二つの店の仲の悪さも解消するのではないか。そうなれば万々歳なのだが。だが、きっとそうなろう。俊介は確信を抱いた。

「あの、俊介さま」

おりつが呼んできた。

「公正な裁きが受けられるとおっしゃいましたが、おとっつぁんは無罪放免になるのでしょうか」

「なる」

俊介は断言した。

「なんといっても、赤潮を発生させる毒をこれだと断定できるはずもない。そんな毒は聞いたこともない。あったにしても、どれだけ撒かねばならぬのか。その毒を使ったという証拠もなかろう。毒自体、どこにもないだろう。そんな脆弱《ぜいじゃく》さでは、罪には問えぬ」

俊介は一息入れた。仁八郎が、気がかりそうな目で見ている。俊介は、大丈夫だ、というようにうなずいてみせた。

「公正な裁きさえ受けられれば、春海屋は大丈夫だ。安心してよい」

おりつが涙をあふれさせた。

健吉が、おりつの肩をなでる。目を上げ、俊介を見た。

「俊介さまは、いったいどのようなお方でございますか」

俊介はにこりとした。

「俺はただの人間だ」

俊介たちは春海屋の外に出た。

「ありがとうございました」

おりつと健吉が深々と辞儀する。

「この御恩は一生忘れません」

「いや、まだその言葉は早いな。春海屋や番頭たちが無罪放免になったら、あらためて聞こう」

夕暮れの気配があらわれはじめているが、まだまだこの時期の太陽は舞台を降りようとしない。

俊介と仁八郎はおりつたちに別れを告げ、おきみと伝兵衛の待つ苗代屋に帰ろうときびすを返した。

そこに一人の男がつむじ風のように寄ってきた。

「おう、弥八」

「俊介どの」

近寄り、耳打ちしてきた。

「それらしい者を見つけたぞ」

鉄砲放ちのことだ。

「まことか。どこだ」

「苗代屋のはす向かいの旅籠だ。新宅屋という。西国街道沿いに部屋を取り、薄く窓をあけて苗代屋のほうをうかがっている」

「確かに怪しいな」

俊介はすぐさま赴こうとした。だが、そのとき仁八郎が頭を抱え、地面に転がった。

「痛い、頭が痛い」

俊介だけでなく、その場にいる全員が目をみはった。

「痛い、うー、痛い」

俊介の疑問は一瞬で氷解した。これだったのだ。これを俊介たちに見せたくなくて、仁八郎は深夜、寝ているとき頭が痛くなる前兆があると、一人布団を抜け出ていたのだ。人目につかないところで一人、苦しんでいたのだろう。だが今回は予兆があったにしろ、俊介のそばを離れるわけにはいかなかったのだ。いつ発《ほっ》作《さ》が起きるか、仁八郎ははらはらしていたのではあるまいか。

「医者を呼んでくれ」

俊介は叫んだ。

「ただいま」

仁八郎を春海屋の座敷に運び込んだ。布団が手際よく敷かれ、仁八郎をその上に寝かせる。頭の痛みは去らないようで、仁八郎は一人、体を丸め、歯嚙みして耐えている。

俊介はかわいそうでならない。仁八郎はこんな病を抱えていたのだ。心細かっただろう。怖かっただろう。

医者がやってきた。仁八郎の症状を見て、すぐさま薬研《やげん》で薬を碾《ひ》きはじめた。同時に湯が沸かされ、できあがった薬が鉄瓶《てつびん》で煎《せん》じられる。

医者がさじを使い、冷まされた薬湯を少しずつ仁八郎に飲ませてゆく。それまで丸まっているしかなかった仁八郎が、布団の上で身じろぎし、上を向いた。

「どうだ、具合は」

「痛みは治まりました。もう平気です」

仁八郎はけろっとしている。うそのような治り方だ。予兆から発作までのあいだが長く、実際の痛みはせいぜい四半刻ほどなのだろう。

「仁八郎」

俊介はにらみつけた。

「いつからだ」

仁八郎が眉根を寄せる。

「ここ一年ほどです。急に頭が痛くなり、急に治るのです。ひどいときは気絶してしまうくらい痛いのです。そのままそこで過ごしてしまい、はっとして寝床に帰るということがしばしばあります」

薬を処方した医者によると、なんという病か知らないが、確かにそういう病はあるのだという。

「頭痛ならば、大坂に有数の名医がいらっしゃる。日の本の国で一、二を争う医者といってよい。一刻も早くその医者に診てもらうほうがよかろう。手前が紹介状を書きましょう」

「かたじけない」

俊介は謝意をあらわした。

「仁八郎、その大坂の医者にかかれ」

「いやです」

仁八郎は拒絶した。

「大坂に行くのでは、俊介どのと別れることになってしまいます。しかも逆戻りなど、ごめんこうむります」

「大坂行きの船が今日、ちょうどありますす」

健吉が教えた。

「今から急げば間に合いますよ」

「行くんだ、仁八郎」

「いやです」

「この強情者め」

「なんといわれようと、いやです。それがしの役目は、俊介どのを守ることです。大坂などには決して行きませぬ」

「よいか、仁八郎。命に関わるかもしれぬ病なのだぞ。しっかり治してから、俺たちを追ってこい。そなたがおらずとも、俺のことなら大丈夫だ」

「そんなことはありませぬ。それがしがいなければ、俊介どのは危うい。今日だって、あの剣客はそれがしが倒しました」

「だが、俺だってそなたを助けたぞ」

むっ、と仁八郎が詰まる。

「よいか、仁八郎。そなたが俺を守りたいという気持ちはよくわかる。だが、そなたが俺を守るために戦っている最中、もし今の病が出たらどうする。おまえは斬られ、俺も死ぬことになるぞ」

仁八郎がうつむく。

「仁八郎、本当に大坂に行かぬのなら、俺がおまえを大坂まで連れてゆく」

「えっ、そんな」

「むざむざたった一つしかない命を落とさせられるものか。治る病ならば、なおさらだ。仁八郎、大坂に行くぞ。そして治してもらうのだ」

仁八郎は呆然として、しばらく壁を見つめていた。

「承知いたしました。しかし、大坂へは一人で行ってまいります。俊介どののお手をわずらわせるわけにはいきませぬ」

「それでよい」

俊介は安堵の気持ちを隠せない。

「健吉、大坂行きの船はいつ出る」

「夕刻です。暮れ六つちょうどではないかと思います」

「今は七つ半くらいか」

「はい、まだ半刻あります。十分に間に合うのではないかと思います」

俊介たちは広島城下の外湊となっている草津湊へ行った。

「どの船だ」

湊にはたくさんの船が入って、帆を休めている。数えきれないほどだ。この町がいかに盛っているか、如実に物語っている。

「あれではないでしょうか」

健吉が指さしたのは、左手にある千石船だ。

「あれか。大船だな。仁八郎、安心していいぞ。あれならば転覆せぬ」

「瀬戸内は海が穏やかですから、それがしははなから心配しておりませぬ」

湊に入ってきた船から降りた客を満載した小舟が岸にすいすいと近づいてくる。

おや。俊介の目は船尾に乗っている二人の若い娘に引きつけられた。正確には二人のうちの一人だ。

「なんと」

俊介は驚愕した。

「どうしてここに」

俊介は見直した。まちがいない。

「あっ」

良美も俊介に気づいて、驚いている。だが、すぐに平静な顔に戻り、岸に上がってきた。

「どうしてここに」

俊介は良美にただした。信じられない。

良美がにこりとする。

「俊介さまを追いかけてまいりました。きっと巡り合えると信じていましたら、こうしてお目にかかれました」

語り合いたいことはいくらでもあった。だが、今はひとまず仁八郎を大坂行きの船に乗せなければならない。

仁八郎が小舟に乗り、大坂行きの船に向かってゆく。小舟が千石船の舷側で止まり、梯子がかけられる。それを客たちが登ってゆく。

仁八郎も船内に無事に入った。

俊介は何度も手を振った。仁八郎が振り返してきた。

「供のお方ですね。どうしたのですか」

良美がきく。

「ちと病で、大坂に行かねばならなくなった」

「病……。かわいそうに。俊介さまと一緒にいたかったでしょうに」

日暮れ頃になって仁八郎の乗る船が動いた。俊介は出港を見送った。おきみと伝兵衛にはまだ知らせていない。なんといえばいいだろうか。おきみはきっと泣くだろう。

俊介は目が潤みそうになったが、二度と泣かないと決めた以上、涙は見せられない。じっと耐えた。

「俊介さん」

いったん姿を消していた弥八が舞い戻ってきた。

「どうした」

「実は」

弥八が俊介に耳打ちする。俊介は一瞬、厳しい顔をした。

「どうする、俊介さん」

「よし、弥八の思う通りにやってみよう」

「わかった」

弥八がふっと姿を消した。すでにあたりは暗くなりつつある。

「今のはどなたですか。まるで話に聞く忍びのようでした」

「本物の忍びだ」

「真田さまの忍びですか」

「そうかもしれぬ」

「まあ」

良美が目を丸くする。

「良美どの、ちと歩かぬか」

俊介は良美を近くの浜に誘った。

「そちらの人も一緒に来てくれぬか」

「この女中は私のおつきの者で、勝江といいます」

「お見知りおきを」

勝江がにっこりと笑った。

二人は波打ち際まで来た。

俊介は仁八郎のことを詳しく話した。

良美がため息をつく。

「お気の毒に。そのような病があるのでございますね。治ったらようございます」

「良美どの」

俊介は静かに呼びかけた。

「俺はそなたに謝らねばならぬ」

良美が目をみはる。どういうことなのか、という顔を向けてきた。勝江も同様である。

「実は、いま俺は良美どのを危うい目に遭わせているのだ」

「えっ、どういうことでございましょう」

「実は俺は鉄砲で狙われているのだ」

「えっ、鉄砲。いったい誰が」

「それはまだ謎だ」

「もしや、似鳥幹之丞ではありませぬか」

「それはまだわからぬ。考えられぬではないが」

「とにかく、俊介さまの命を狙っている者に、うちの家が関係しているのではございませぬか」

「本当にわからぬのだ。関係しているかもしれぬし、そうではないかもしれぬ」

俊介は、さらに打ち明けた。

「いま俺自身がおとりになっている。おとりであると鉄砲放ちに覚らせぬために、良美どのが必要だった。済まぬ」

「では、今この瞬間も、鉄砲放ちは狙いをつけているのでございますか」

「そういうことだ」

「どこから狙っているのでございますか」

「まだわからぬ」

俊介はどきどきしてならない。今にも撃ってくるのではないかと思うと、いても立ってもいられない。良美に当たったらどうしようとも思う。だが、腕のよい鉄砲放ちだ。それはまずなかろうと自分を安心させた。

そのとき、不意に短い犬の鳴き声が三度、聞こえた。

「伏せて」

俊介は良美と勝江にいい、同時に砂を蹴って左側に駆け出した。刀を抜く。犬の鳴き声は弥八が発したもので、一度なら右に放ち手がおり、二度なら背後、三度なら左、という決めごとになっていた。

俊介は、あたりがさらに暗くなってゆく中、前方の小さな砂丘の向こう側に人の頭のようなものを見た。距離は一町もない。

まだ撃ってはくるまい。もう少し引きつけるはずだ。撃ってきたら、必ずよけてみせよう。俊介は走りに走った。

これまで自分のために何人の男が命を落としたか。忠臣の辰之助をはじめとして、もう数え切れない。今日も刺客が死んだ。

半町まで来た。暗いが、筒先まではっきりと見えた。撃ってくる。直感した。同時に轟音《ごうおん》が聞こえた。俊介は伏せた。玉はこちらに飛んでこなかった。見ると、鉄砲の筒先は上を向いている。

弥八が手を振っている。うまくいった。俊介がおとりになり、背後から弥八が躍りかかる。これが手はずだった。

それにしても怖かった。

大きく息をついた俊介は砂丘を登った。そこに座り込んでいる鉄砲放ちを見下ろす。弥八が匕首《あいくち》を突きつけている。

「おぬし、何者だ」

俊介はただした。

「見ての通り、鉄砲放ちよ」

「誰に頼まれた」

鉄砲放ちがにっと笑う。

「それはいえんな」

「殺すぞ」

「かまわん」

鉄砲放ちが平然といった。それが一転、苦笑してみせた。

「やられたな。誘われていたことに、まったく気づかなかった。見抜けなかったよ。俺は焦っていたのだな」

小さくかぶりを振る。

「ふむ、それにしても本場の牡蠣を食べたかったな」

言葉を終えるやいきなり弥八の匕首をつかみ、鉄砲放ちが喉元に持っていった。

弥八が驚き、匕首を引こうとする。

だが、間に合わなかった。鉄砲放ちの喉から血が噴き出した。がくりと砂の上に横になる。血が砂に吸い込まれてゆく。笛のような声が男の喉《のど》から聞こえてくる。それが不意に途絶えた。すでに男は事切れていた。

「済まぬ、俺のしくじりだ」

弥八が謝る。

「いや、しくじりなどしておらぬ。この者たちの覚悟がすさまじいのだ」

俊介は呆然とした。一つしかない命をこんなにあっさりと捨てるなど、信じられない。狙う側の執念を感じた。なんといっても、命を捨ててかかってきているのだ。

こちらも同じような気構えでいかないと、必ずやられてしまう。褌《ふんどし》を締め直さなければならぬ、と俊介は思った。この先、しばらくは仁八郎もいない。

弥八と伝兵衛の二人だけが頼りということになる。

いや、二人を当てにしては駄目だ。

この俺が強くならなければ。

どんな者がやってこようと、必ず倒して見せよう。

俊介は固く決意した。

翌日、起左衛門は牢を出された。五人の番頭も一緒だった。おりつの喜びようは尋常ではなかった。

春海屋に戻った起左衛門に、健吉は謝った。

「いや、そのような真似をすることはない」

起左衛門が健吉に寄りそうおりつを見て、穏やかにいう。

「わしも牢の中でいろいろ考えた。元は兄弟だった間柄なのに、いつしか仲が悪くなっていた。おりつのいうように、わしの代で正すべきではあるまいか。健吉さん、どうかな、この考えは」

「手前は、諸手を挙げて賛成いたします」

健吉がにこやかな笑みを見せ、すぐさま申し出る。

「その手立ては手前にお任せ願いますか。俊介さまよりお知恵を拝借しています」

起左衛門が俊介に気づき、頭を下げた。

「お初にお目にかかります。おりつより、手前どものためにお力を貸してくださったことは聞いております。まことにありがとうございました」

番頭たちもこうべを垂れた。

「なに、よいのだ」

俊介はほがらかな笑みを浮かべた。

その足で健吉は秋津屋に乗り込んだ。

「おとっつぁん」

「健吉」

居間にいた海兵衛がおろおろと立ち上がる。策が破れたことを知り、動転を隠せずにいるのだ。

「帰ってきてくれたのか」

「ちがう」

健吉はいい放った。

「おとっつぁんは、もうおしまいだ。それをいいに来たんだ」

「どうしてそんな冷たいことをいうんだ」

「春海屋さんが訴えるといっているからだ。根も葉もないうわさを流し、春海屋さんたちを牢に追いやった罪は消えない。今度、牢に入るのは、おとっつぁんのほうだ」

「いやだ、牢になど入るものか。健吉、なんとかしてくれ」

健吉はむずかしい顔をした。

「一つ手立てがないわけじゃない」

「教えてくれ」

すがるように海兵衛がいった。

「春海屋さんに訴えを取り下げてもらうことだ」

「どうすればよい、なんでもするぞ」

健吉はうなずいた。

「たやすいことだよ。春海屋さんと和解することだ。春海屋さんはおとっつぁんへのうらみを忘れて、それでよいといっている。もしこの条件をのめないというのなら、俺はおとっつぁんの勘当を生涯解かないよ」


その後、話はとんとん拍子に進んだ。

健吉とおりつが夫婦《めおと》になることもあっさりと決まった。

それを確かめてから、俊介たちは愛宕町の苗代屋を発った。

健吉とおりつが堺町の端までついてきた。

立ち止まって俊介たちに頭を下げる。

「本当にありがとうございました」

二人が声をそろえた。

「二人とも幸せにな」

俊介は万感の思いを込めていった。

「俊介さまも」

二人は、良美を見つめている。

俊介は良美に目を当てた。良美が見つめ返してくる。おきみがおもしろくなさそうな顔をしている。俊介はおきみの頭をなでた。

これから自分たちにどういう運命が訪れるかわからない。だが、とにかく今は一緒にいられる。このときを精一杯、生きていこうと俊介は思った。後悔はしたくない。

四

もとは大名家の鉄砲足軽だった。家中で最高の腕といわれていた。

年に一度、技の向上を目指して鉄砲足軽たちの大会が家中で行われ、善造はすでに五年連続で優勝を成し遂げていた。

六年目のその年も、優勝まちがいなしと見られていた。

だが、負けた。城下のやくざ者の誘いに乗り、善造は決勝の舞台で的をわざと外したのである。

やくざたちのあいだで富裕な商家や百姓、町人を巻き込んで、優勝者を当てる大がかりな賭けが行われていたのだ。

負けたことで、善造のもとには二十五両もの大金が転がり込んだ。腕を競うための大会は優勝したところで賞金など出ず、筆頭家老がよくやった、と声をかけてくれるにすぎない。初めて優勝したときはそれでもうれしかったが、それも回を重ねると感動も薄れてくる。名人中の名人などと持ち上げられても、名誉だけでは腹はふくれないのだ。あまりに貧しくて、女房をもらうどころか、縁談すらほとんどないのである。

持ち慣れない大金に浮かれ、善造は遊び呆《ほう》けた。そのことでまわりの者に疑いの眼差しを向けられた。だが、迂闊《うかつ》なことに善造はそのことに気づかなかった。

密告があったか、目付の探索が入った。善造がわざと的を外したことはあっさり露見した。

善造は切腹まではさせられなかったものの、主家を追放された。やくざ一家からもらった二十五両の金は、そのときにはほとんど残っていなかった。あらかた使い果たしていた。

金の味を覚えた身には、放逐されたことはむしろありがたかった。市井《しせい》に出たほうが、むしろ鉄砲の腕を活《い》かせるのではないかと思ったのである。

城下のやくざの紹介で、善造はまず大坂に行った。

大坂のやくざの親分に、なにができますかい、ときかれたので、鉄砲の腕なら誰にも負けぬと自信たっぷりにいい放った。是非ともお手並みを拝見したいと親分がいい、連れていかれた淀川近くの人けのまったくない薄野《すすきの》で、善造は存分に腕を見せつけた。

予想をはるかに超える腕のすさまじさに瞠目したやくざの親分から、さっそく殺しの仕事を頼まれた。

最初の標的は、このやくざの親分と争いを繰り返してきた一家の親分だった。

善造は、初めての人殺しだからといって、緊張も躊躇もしなかった。先目当に標的を入れ、からくり人形のように指を動かして引金を落としただけだ。

たったそれだけで、十両もの金を手にすることができた。善造は有頂天になった。次いで、紀州の大百姓を殺し、さらに奈良の商家の主人を殺した。

いずれも一発で仕留めた。

鉄砲という公儀が警戒する得物が使われていることで、相当の騒ぎになるのではないかと思っていたが、場所がすべて異なっていたことからか、さしたることはなかった。むろん下手人捜しは行われたようだが、よそから来た善造がつかまるはずがなかった。

それからは、殺しをもっぱらの仕事にするようになり、善造が鉄砲放ちの殺し屋として名を売るのに時はかからなかった。最高の腕と賞され、引く手あまたになったのである。

参勤途中の大名の家老を撃ち殺したこともある。

どういう理由があったのか、ただの浪人や職人をあの世に送ったこともある。

とにかく殺しを重ねることで、金はいくらでも入ってきた。金のある暮らしはとても居心地がよかった。

そのうち死が訪れるだろうということは肌で感じていたが、鉄砲放ちの仕事はやめられなかった。自分には鉄砲の腕を活かせる、この道しかなかったのだ。

おもしろい一生だった。悔いはない。


稲垣屋誠太郎は目を覚ました。

肘《ひじ》が外れ、がくんと顎が落ちたのである。

はっとして、あたりを見回した。部屋には自分以外、誰もいない。安堵の波が心に広がる。うたた寝をしていたところなど、奉公人に見られるわけにはいかないのだ。机の上にひらいた帳簿を見ているうち、どういうわけか、眠りに引き込まれたのである。こんなことは滅多にないことだ。

夢を見ていた。

鉄砲放ちの夢だった。

おそらく正夢だろうな、と誠太郎は思った。

どうして善造という、例の鉄砲放ちが夢に出てきたのか。

答えはわかりきっている。善造は俊介殺しをしくじったのだ。善造はもうこの世にいないのだろう。

昔から正夢はよく見る。もちろん逆夢も見ないわけではないが、正夢のほうがずっと多い。

ふむう、とうなり声を上げて誠太郎は手をこまねいた。善造がしくじったのであれば、俊介を亡き者にする新たな手を考えねばならない。

似鳥幹之丞など、当てにはできない。自分の力で俊介をなんとかするのだ。

今はまだよい手が浮かばないが、いずれひらめくだろう。商売のことでもそうだ。考え続けていれば、よい考えは必ず脳裏に浮かび上がってくる。

だが、それも急がなければならない。俊介が忍びの旅をしている今こそが、あの世に送り込む恰好の機会なのだ。

必ず俊介を殺す。それは自分に課せられた使命である。

理想をうつつのものにするためには、真田俊介という男は邪魔者でしかない。この世から除かねばならない。

誠太郎は目を上げた。

俊介の精悍な顔を思い浮かべる。聡明そうな瞳をしている。話をしたことはないし、顔を合わせたこともない。一度、遠目に見たことがあるだけに過ぎない。気持ちのよい男らしいから、語り合えばきっと楽しい時間を過ごせるにちがいない。だが、そのようなときは決してやってこない。

あなたさまにはなんのうらみもございませんが、死んでいただきます。

誠太郎は穏やかに語りかけた。

俊介が唐突に脳裏から消え失せた。

その顔は、どこか怒っているように見えた。

この作品は徳間文庫のために書下されました。

徳間文庫

若殿八方破れ

安芸《あき》の夫婦貝《めおとがい》

2012年9月15日 初刷

著者 鈴《すず》木《き》英《えい》治《じ》

発行者 岩渕徹

東京都港区芝大門二—二—二〒105—8055

発行所 株式会社 徳間書店

電話 編集〇三(五四〇三)四三五〇
販売〇四八(四五一)五九六〇

振替 〇〇一四〇—〇—四四三九二

印刷
製本 株式会社 廣済堂

ISBN978-4-19-893599-3 (乱丁、落丁本はお取りかえいたします)